H.F.Darbek

ERINNERUNGEN

Herstellung und Verlag:
Books on Demand GmbH, Norderstedt
ISBN 978-3-8370-2994-9

An was erinnert man sich überhaupt.
An Alles? An Wesentliches? An Schönes oder
eher an Unangenehmes?
Wenn man etwas vergessen hat, weiß man natürlich auch nicht, was das war.
Und kann man Manches wirklich erfolgreich ver-
drängen und so vergessen?

Gewidmet meiner „Familie", meinen Kindern; denen ich von Herzen verbunden bin und von denen mir eines den Lektor machte.

Aber auch einigen, wenigen Freunden, die mir durch Jahrzehnte die Treue hielten; wie es bei Hochzeiten so schön heißt: in guten wie in schlechten Zeiten.
Leider gehören die Freunde meiner Kindheit und Jugend nicht mehr dazu.
Wir haben uns – wie es oft so geht – aus den Augen verloren.

I

Meine Erinnerungen gehen – allerdings nur sehr verschwommen und dementsprechend schwach – bis auf ein Alter von etwa 2 Jahren zurück.
Eine Reise mit meinen Eltern per Bahn nach Tirol.
Allerdings auch daran nur Bruchstückhaft.

Die Schwester meines Vaters - an sich in Wien beheimatet - hatte einen Tiroler geheiratet, war dorthin gezogen und wir besuchten sie jetzt.
Ich hatte dort auch einen Cousin, ein Jahr jünger als ich.
Ich glaube mich zu erinnern, dass es bei der Fahrt zum Bahnhof geregnet hat.
Aber sicher bin ich mir nicht.
An Fragmente der Bahnfahrt, einen Polster und ein Tier – ein kleiner Bär?

Leider werden einige Dinge für immer ungeklärt bleiben.
Meine Eltern sind seit Jahren tot.
Ich habe, wie vermutlich viele Andere auch, zu deren Lebzeiten nicht nach allem gefragt, teils weil ich nicht daran gedacht habe, teils ganz einfach aus Desinteresse.
Und Irgendwann ist es dann zu spät.

***

Viele wissen ihren genauen Geburtszeitpunkt.

Ich habe die Uhrzeit sicher irgendwann einmal
gewusst und wieder vergessen.
Jetzt kann ich niemanden mehr danach fragen.

Ich hätte eine Schwester gehabt.
Leider ist sie bald nach ihrer Geburt gestorben
und ich wuchs als Einzelkind - mit allen positiven
und negativen Seiten dieser Situation - auf.

Im Alter von etwa 6 Jahren bekam ich nur mit viel
Glück und dem Können der Ärzte, eine Chance
überhaupt älter zu werden.

Nachdem ich Bauchschmerzen hatte, wurde ein
Arzt gerufen, der eine Bauchgrippe diagnostizier-
te.
Die Schmerzen wurden immer schlimmer und ein
anderer Arzt (oder Ärztin) wurde bemüht.
Das Ganze zog sich über mehrere Tage hin und
zuletzt krümmte ich mich nur noch vor Schmerzen
und jammerte.
Die Diagnose war Blinddarm-Durchbruch.
Lebensgefahr.
Sofort ins Spital und auf den OP-Tisch.
Die ganze Bauchdecke unter Eiter.
Ausgang der Operation ungewiss.
Einige Tage konnten meine Eltern und Großeltern
nur Hoffen und Beten.
Ich hatte Glück und überlebte.

An diverse Dinge im Spital kann ich mich erinnern.
An eine besonders nette Schwester. Daran, dass ich in einem Klassezimmer lag. Aufgrund der Schwere meiner Operation und meines Zustandes erfolgte dies. Wir waren zu zweit dort untergebracht.
Allerdings ist das vom Spital bzw. von dem mich operierenden Arzt ausgegangen.
Er war der Bruder des damaligen Wiener Bürgermeisters und späteren Bundespräsidenten.

Ich hatte ein Micky Maus Heft, das ich immer wieder las.
Ich weiß heute noch die Geschichten.
Von einer Erfindung Düsentriebs die Dagobert Ducks Geld durch eine durchsichtige und unzerstörbare Hülle schützen sollte.
Vom großen bösen und vom kleinen Wolf. Der Große als Drache verkleidet.

Zwei Wochen wurde ich nur künstlich ernährt - d.h. mittels Infusionen - und bekam jeden Tag Injektionen ich den Bauch. Auch nachts!
Der Mund wurde mir ausgepinselt, damit eine gewisse Feuchtigkeit vorhanden bleibt.
Ich bekam auch nichts zu trinken.
Nach einiger Zeit versorgte mich eine der Schwestern mit etwas Tee. Im geheimen.

Ich dürfte ziemlich beliebt bei den Schwestern gewesen sein, weil ich so brav und „tapfer" war.

An eine Situation kann ich mich erinnern, die damals ein kleiner Schock für mich war.
Mit mir im Zimmer lag ein Mädchen und einmal sah ich, dass bei ihr etwas fehlte, was bei mir vorhanden war.
Ich fragte die Schwester, ob man ihr „das" weg operiert hätte.
Sie verneinte. Aber an die genaue Erklärung kann ich mich nicht erinnern. Ich glaube es war dahin gehend, dass Mädchen so etwas nicht hätten.

Es war natürlich eine Zeit, die noch nicht so frei wie heute war.
Wenn man irgendwie einen Blick auf das Bild einer nur im Bikini gezeigten Schönheit werfen konnte, war das schon was.
Und die Bikinis waren damals natürlich auch noch sehr züchtig weil groß.
Das bedeutete auch, dass die Aufklärung noch etwas stiefmütterlich behandelt wurde.

Nach drei Wochen durfte ich das Spital verlassen

***

An eines der nächsten Dinge, die mir im Gedächtnis geblieben sind, waren Spiele in unserem Garten.

Die Schwester meines Vaters war mit Anhang nach Wien übersiedelt.

Ich führte u.a. meinen Cousin in einer Schiebetruhe herum.

Offenbar war das mit zuviel Anstrengung verbunden.

Ich handelte mir einen Leistenbruch ein.

Sichtbar an einer Schwellung in der Leistengegend.

Ein knappes Jahr nach meiner letzten Operation.

Wir waren bei einem mir fremden Arzt. Keine Ahnung warum. Aber an die Schreckensmeldung kann ich mich noch erinnern.

Also wieder ins Spital.

Diesmal allerdings nicht für so lange.

Irgendwann erlebte ich auch in unserer Wohnung etwas für mich damals sehr Aufregendes.

Ich kann allerdings für die richtige chronologische Reihenfolge nicht garantieren; ist aber auch nicht so wichtig.

Vor Weihnachten fand ich etwas Glitzerndes in unserem Wohnzimmer. Flitterartig.

Es war klar. Das Christkind war hier und hatte seine Vorarbeit geleistet.

Meine Eltern ließen mich in dem Glauben.

(Vom Weihnachtsmann war damals noch nicht die Rede – zumindest nicht als alleiniger Geschenke-bringender und Weihnachten Verkörpernder).
In die erste Klasse der Grundschule ging ich nicht gerne - d.h. zumindest nicht am ersten Tag – aber ich fand Trost darin, dass es den meisten Anderen auch nicht besser ging.
Ein Junge war dabei, welcher der Sohn einer Freundin meiner Mutter war.
Wir wurden Freunde.
Wir hatten eine sehr nette und vermutlich auch gute Lehrerin.

Später kam noch ein anderer Junge hinzu.
Ebenfalls zumindest die Mutter mit meinen Eltern bekannt.
Noch ein Weiterer gesellte sich später hinzu.
So waren – wenn nicht überhaupt mehr - zumindest wir 4 viel zusammen.
Vermutlich sehr verschieden, hatten wir aber doch einiges gemeinsam; zumindest auch unsere Freundschaft.
Auch mit meinen und den Eltern der beiden erst-genannten unternahmen wir viel.

***

Das Leben ging dahin.
Meine Eltern waren zwar nicht begütert, aber auch nicht arm.

So konnten wir auch verschiedenes unternehmen.
Es wurden oft Ausflüge gemacht.
Einige sind mir noch in relativ guter Erinnerung,
Andere überhaupt nicht mehr.

Auch die Großeltern - mütterlicherseits – waren
involviert. Besonders mein Großvater, der vom
Letztgenannten Freund sehr gemocht wurde.

Ein weiteres, befreundetes Ehepaar meiner Eltern
– sowohl die Mütter als auch die Väter waren seit
ihrer Jugend bekannt – hatten Töchter.
Eine 2 Jahre jünger als ich. Die andere einige Jahre älter.
Mit diesen Bekannten waren wir auch viel zusammen.
Diese Bekannten hatten auch einen Garten und
wir verbrachten viel Zeit mit ihnen zusammen.

Die jüngere Tochter war mir – bis zu einem bestimmten Zeitpunkt – eher unangenehm in Erinnerung.
Zwar konnte man mit ihr spielen und was halt
damals so anfiel, aber sie hatte die ungute Angewohnheit, wegen jeder Kleinigkeit sofort „trat-
schen" zu laufen. Meistens zu ihren Eltern.
Zwar ohne wirkliche Konsequenzen, aber doch
lästig.

In der Grundschule ging es zügig und erfolgreich dahin.

Am meine Lehrer erinnere ich mich noch recht gut.

Später haben einige Klassentreffen stattgefunden, mit zumindest einem Lehrer, der später Direktor wurde.

Das später bezieht sich auf einen Zeitpunkt etwa 30-35 Jahre nach Schulaustritt.

Zumindest das erste Mal.

Aber nach einigen Treffen, verebbte offenbar das Interesse daran.

Heute, im Zeitalter der Handys, ist das vermutlich auch nicht so einfach wie früher.

Man hatte eine Festnetznummer; und die über viele Jahre.

Die meisten standen im Telefonbuch.

Heute werden die Nummern meisten gewechselt so oft ein neuer Anbieter auf den Plan tritt.

***

Wir waren bzw. lebten auch mit meinen Großeltern mütterlicherseits zusammen.

Zwei Menschen, die ihresgleichen suchen.

Sie waren wirklich für mich die denkbar besten Großeltern.

Mit den Eltern meines Vaters kamen wir nicht so gut zurecht.

Nicht einmal mein Vater selbst.

Wir hatten einen relativ großen Garten.
Ein großes Grundstück von meinen Großeltern
väterlicherseits, das geteilt wurde.
Mein Vater hatte noch 2 Schwestern.
Eine - wie schon erwähnt - mit dem Tiroler ver-
heiratet.
Die andere eigentlich eine Halbschwester, da von
der ersten und verstorbenen Frau meines Großva-
ters.
Die „Tiroler" brachten es im Laufe der Zeit auf 3
Söhne, wobei der Älteste eben ein Jahr jünger als
ich war.
Wir verstanden uns auch recht gut.
Die andere Schwester hatte 2 Töchter – beide älter
als ich.
Ich – nachdem meine Schwester gestorben war –
ein Einzelkind.

***

Im Haus meiner Großeltern - bzw. später Großmutter – väterlicherseits, die mit einer Tochter,
ihrem Tiroler Ehemann und den 3 Jungen zusammen lebten, stand in einem Vorzimmer eine Statu-
ette von Maria mit dem Knaben; immer davor ein
Weihrauch.
Das waren meisten wie kleine Hütchen, spitz zu-
laufend.

In Erinnerung ist mir eine ziemlich große Verwandtschaft.

Es gab zumindest öfters Treffen mit mehr oder weniger vielen Beteiligten.

Allerdings schön getrennt nach Elternteilen.

Die Tante mit dem Tiroler, war nicht sehr gesellschaftsfreudig und die Andere-Ältere, auch nicht wirklich.

Zumindest nicht, für sie Fremde, betreffend.

Die Verwandten meiner Mutter hingegen waren sehr wohl für Familientreffen.

Meine Großmutter hatte 2 Schwestern – ich zähle nur die Lebenden (meine Mutter hatte z.B. einen Bruder, aber der war im Krieg gefallen) – wobei die eine ein Original war.

Dunkel sind mir noch die verschiedenen Wohnungen im Gedächtnis, die natürlich mit heutigen Begriffen und Verhältnissen nicht zu vergleichen waren.

Oft noch mit Bassena - d.h. fließend Wasser - und Klo am Gang; also außerhalb der Wohnung.

Eine noch ziemlich junge und hübsche - wenngleich verheiratete – Großtante (zumindest glaube ich das, bin mir aber über den tatsächlichen Verwandtschaftsstatus nicht sicher; vielleicht war es auch eine Groß-Cousine; in jedem Fall habe ich Tante zu ihr gesagt) hatte ich, die mir schon damals in meinem „zarten" Alter aufgefallen war.

Sie habe ich schon als Bub anziehend gefunden.
Hübsch und ein nettes Wesen.
Auch ein Sohn war da. Etwas jünger als ich.

***

Einer dieser Verwandten – wobei ich nicht mehr
genau weiß, wie das Verhältnis war; ich glaube
ein Cousin meiner Mutter – war Heimatdichter
und Zeichner.
Er hatte damals im Radio öfters Auftritte – (es gab
damals noch nicht die Vielzahl der heutigen Sender, auch kein Ö3) d.h. er las aus seinen „Werken"
vor; er hat einige Bücher geschrieben, mit Zeichnungen von ihren vielen Ausflügen versehen und
diese wurden veröffentlicht.
Des weiteren gab es immer wieder Ausstellungen
mit seinen Werken – auch noch als ich älter war
und schon verheiratet.
Die Tochter dieses Paares war Fotografin und sie
dokumentierte oft die Touren ihrer Eltern – bei
denen der Vater seine Zeichnungen nach der Na-
tur anfertigte – fotografisch.
(Viel später fotografierte sie auch bei meiner
Hochzeit und auch beim Begräbnis meiner Eltern).
Der Sohn dieser Leute war ein relativ bekannter
und erfolgreicher Bergsteiger.
Bei einer Bergtour mit dem Verlobten seiner
Schwester stürzten beide tödlich ab.

Ich weiß noch, dass die Suche nach den Beiden
Wochen gedauert hat und immer wieder in den
Zeitungen Erwähnung fand.
Man fand sie dann per Zufall durch das Glänzen
eines Seils.
Besonders seine Mutter hat sehr gelitten; aber
natürlich auch die Tochter, die ja zwei geliebte
Menschen verloren hatte.
Auch der Vater war vom Unglück lange gezeich-
net.

Ein anderer Cousin meiner Mutter war taubstumm
und kolorierte Fotos und Ansichtskarten.
D.h. er machte aus schwarz-weiß Fotos farbige
Bilder.
So etwas gab es damals noch.

Ebenso Kühlschränke mit echtem Eis.
Wir besaßen so einen.
Regelmäßig kam ein so genannter Eiswagen, der
Eisblöcke in seinem Innern hatte, die der „Eis-
mann" je nach Bedarf mit einem Eispickel zer-
kleinerte, damit sie in die Eisschalen - Metallwan-
nen - des jeweiligen Kühlschranks passten.
Für uns Kinder fiel dabei immer wieder das eine
oder andere Stückchen Eis ab, das wir dann
lutschten.

***

Auch wurde noch Milch der Molkerei in großen Kannen und zum Teil noch mit Pferdewagen ausgeführt.
Stallungen und Garagen gab es gleich in unserer Nähe.
Es gab dann immer Leute, die hinter den Pferdewagen hergingen und die so genannten „Rossknödel" einsammelten, welche einen hervorragenden Dünger gaben.

Erinnerlich sind mir auch noch einige Häuser, die im Krieg zerbombt wurden und noch nicht wieder hergerichtet waren.
Ich kann mich an einen Besuch, den wir machten, erinnern.
Eine Wohnung; und von einem Zimmer ins Andere plötzlich nichts.
Zwei oder drei Stockwerke nichts. Alles weggerissen.

Dunkel sind mir auch noch Soldaten und Panzer – besonders russische – in Erinnerung.
Es war die Zeit, des nach Kriegsende von den Siegermächten besetzten Wiens.
Amerikaner, Engländer, Franzosen, Russen.
Bekannt geworden auch unter dem Begriff „die vier im Jeep", weil sie normalerweise so Streife fuhren.
In jedem Fall versteckten wir uns immer, sobald wir eines solchen Panzers - der natürlich auch sehr

laut unterwegs war (Gummis auf den Ketten gab es damals offenbar noch nicht) - ansichtig wurden. Meiner Erinnerung zufolge, waren es Russen.

***

Den Wiederaufbau Wiens, sowie natürlich Österreichs, habe ich nicht wirklich wahrgenommen bzw. registriert.
Erstens war ich zu jung und zweitens hatte ich aus genau dem Grund andere „Sorgen" und Interessen.

Auch eine andere Cousine meiner Mutter hatte zwei Söhne und wir sahen uns auch öfters.
Der Bruder meines Großvaters, mütterlicherseits, war auch oft zu Besuch bei uns.
Seine Frau weniger. Sie war eine eher mürrische Person.
Ihn habe ich als immer nett und lustig in Erinnerung.
Er war im 1. Weltkrieg bei der Marine und einiges von seinen Erzählungen habe ich mitbekommen; obwohl noch ziemlich jung.

Viel später einmal habe ich eine Geschichte über meine Großeltern und auch über den Bruder von ihm gehört.
Keine Ahnung ob sie stimmte, aber möglicherweise.

Als der Bruder meines Großvaters im Krieg fort musste, hat er faktisch meinem Großvater die Verantwortung für seine damalige Freundin (oder Verlobte?) übertragen.
Leider klappte das aber offenbar nicht so recht und die Besagte wurde meine Großmutter.
Trotzdem blieb das Verhältnis - zumindest ab der Zeit, wo ich es beurteilen konnte - herzlich.
Aber vielleicht war das Griesgrämige der Frau eine Art – auch noch später empfundener - Eifersucht und sie sah es nicht so gerne, wenn er seinen Bruder und die – einmal geliebte – Schwägerin – besuchte.

II

Trotz des vielleicht durch äußere Umstände nicht immer nur angenehmen oder leichten Lebens, war meine Jugend eine Schöne.

Meine Eltern und Großeltern (mütterlicherseits) gaben mir die nötige Geborgenheit und Liebe, so dass ich mich an eine hauptsächlich schöne Zeit erinnere.

Aber vielleicht sehe ich auch das etwas Schwierige oder Bedrückende aus heutiger Sicht zu negativ.
Damals hatte man ja keinen Vergleich, wie es vielleicht anders laufen hätte können.
Der Fortschritt war damals eben noch nicht so weit und dort, wo er – teilweise leider – heute ist.

***

Wir hatten ziemlich am Anfang der Fernsehzeit in Österreich schon ein solches Gerät.
Es gab damals nur einen Sender und der brachte nicht durchgehend Programm.
Das ganze war natürlich in schwarz-weiß.
Ich weiß nicht mehr genau die Zeiten, ab wann das Fernsehen tagsüber war.
In jedem Fall war abends irgendwann Schluss.

Es erklang die Bundeshymne und dann konnte
man sich nur noch am Testbild satt sehen.
Anfangs war auch noch der Dienstag fernsehfrei.

***

Erinnerlich ist mir auch noch jenes Vergnügen,
welches wir uns nebst Anderen gönnten; wir pil-
gerten zu einem in der Nähe gelegenen Saal, wo
mittels Bildwerfer – wie auch heute noch oder
wieder – Fernsehsendungen an die Wand projek-
tiert wurden.
Meistens war das dann ein volkstümliches Thea-
terstück einer bekannten Wiener Schauspielgrup-
pe – bzw. Familie.

Später stieg das Angebot auf dem Fernsehsektor.
Es gab jeden Tag Programm und einen zweiten
Sender bzw. Kanal.
Des weiteren wurde - viel später - auch das Fern-
sehen färbig.

Aber bis dahin dauerte es noch.

(Für die Interessierten einige Details.
Etwa 1956 begann das Fernsehen in Österreich –
mit einem Fernsehprogramm. S-W

Ab 1970 war das zweite Fernsehprogramm täglich zu empfangen – vorher lief es nur als „Versuchsprogramm".
Ab 1972 wurde färbig ausgestrahlt.)

***

Auf Anraten meiner Lehrerin, sollte ich eine höhere Schule besuchen.
Mittelschule, Gymnasium.
Ich schaffte die Grundschule – ohne zu „strebern" – mit Einsen in allen Fächern.

Ich lernte auch ein Instrument.
Akkordeon.
Es war nicht mein Lieblingsinstrument. Ich hätte viel lieber Klavier gelernt.
Aber wir hatten den Platz für einen Klavierflügel nicht. Ein Piano wäre sich vielleicht ausgegangen.
Allerdings auch nur schwer.
Allerdings weiß ich auch nicht, wie es finanziell ausgesehen hat.

Ich lernte bei einem Kapellmeister und Komponisten.
Der konnte allerdings auch Klavier spielen.
Er hatte einen schönen großen, schwarzen (!) Flügel stehen.
Damals ein Objekt meiner Begierde.

Aber gut. Es sollte nicht sein.
Ich lernte 5 Jahre.
Allerdings hatte ich zwischendurch auch schon
Auftritte bei Schulfeiern und Ähnlichem.
Ich spielte nicht schlecht – das Üben war mir ein
Gräuel – aber ohne wirkliche Ambitionen.
Klavier oder auch noch Gitarre wären meinem
Wunsch näher gekommen.

Später bemühten sich zwei Bands um mich – etwas Keyboard und Schlagzeug war dann noch
drinnen.

Aber davon abgesehen, war vieles meiner Kindheit und Jugend schön und für mich wichtig: ge-
ordnet und behütet.
Mein Großvater hatte es sich zur Angewohnheit
gemacht – allerdings auf Wunsch und weil es mir
gefiel – mir, während wir beim Fenster hinaussa-
hen und es schon dämmerte oder bereits dunkel
war – Geschichten zu erzählen.
Später erfuhr ich, dass er gelesenes oder gesehe-
nes zusammengemixt, noch etwas von seiner eigenen Phantasie dazugegeben hatte, „kinder-
freundlich" verpackte und mir so schöne Stunden
bereitete.
Eine der Figuren seiner Erzählungen war: Kapitän
Stürmer.
Offenbar basierend auf einer Romanreihe.

Vermutlich war es ähnlich, wie wenn sich heute Kinder täglich auf eine bestimmte Fernsehserie freuen. So ging es mir damals.

Mein Vater ging öfters ins Kino und beglückte mich dann, mit den Erzählungen der gesehenen Filme.
Natürlich durfte ich auch selbst ins Kino.
Die für mich damals beeindruckendsten Filme waren: Bambi, ein Film von Cousteau mit seiner Calypso und Sieg auf dem K2.
Waren eigentlich keine Kinderfilme; aber möglicherweise schaute mein Vater auch auf einen ordentlichen „Mix" in der Auswahl; außerdem war er ein Berg(steiger)fan.

Ich entwickelte später eine Vorliebe für Heinrich Harrer und verschlang seine Bücher.
Auch Hans Hass stand ganz oben bei mir.
Zu diesem werden wir später noch einmal kommen.

***

Der Schriftsteller und Zeichner – Cousin meiner Mutter – hat meinen Vater übrigens oft ermuntert, sein sicher vorhandenes Zeichen-und Maltalent auch zu benützen und verwenden; bzw. auszubauen.
Leider hat mein Vater dieses nie getan.

Er verwendete sein Talent nur für seine Unterhaltung, privat und im kleinen Kreis.
Leider ebenso wie sein Können auf der Harmonika – (wie Akkordeon aber mit Knöpfen).
Akkordeon und Gitarre.
Auch Mundharmonika spielte er gut.
Aber er hatte entweder kein Interesse, mehr daraus zu machen, oder er hielt sich einfach nicht für gut genug. Leider.

Bei Unterhaltungen bzw. Zusammenkünften spielte er oft und sehr zum Gefallen der Anwesenden.

Ohne pathetisch werden zu wollen; ich hatte wirklich die besten Eltern und Großeltern, die sich ein Kind oder Jugendlicher nur wünschen konnte.
Meine Eltern waren ein gut aussehendes und was vermutlich wichtiger ist, allseits beliebtes Paar.
Außerdem dürften sie gut miteinander ausgekommen sein.
Zumindest, was mir in Erinnerung blieb.
Aber auch, als ich schon erwachsen war und verheiratet, hat sich daran nichts geändert.
(Manchmal frage ich mich wie viel - oder ob überhaupt - ich etwas davon geerbt habe).

Meine Mutter nahm mich zeitweise zu ihrer Arbeitsstätte mit.
Mein Vater ebenso.

Wobei ich zugeben muss, dass das der interessantere Part war.
Ich sah dadurch Dinge bzw. lernte Sachen kennen, die natürlich sonst für mich ein ewiges Geheimnis geblieben wären.

Dazu gehörten auch Arbeiten in einem privaten Auto-Museum und in einem Atom-Versuchslabor. Beides war für mich wahnsinnig interessant.

***

Mein Taufpate – Bekannte meiner Eltern und gleichzeitig der Chef meines Vaters – lebte in damals für mich absolut tollen Verhältnissen.
Zwei Firmen, ein Espresso; jede Menge Angestellte bzw. Arbeiter; auch in der Wiener Börse vertreten – mit Geschäft und Lokal.
(Ich kann mich noch an den Brand der Börse erinnern. Ein über fast ganz Wien zu beobachtendes schauriges Schauspiel).

Im Haushalt ein „fixes" und ein – ich nehme an – bedarfsweise eingesetztes „Mädchen".
Ich war meistens der Hahn im Korb.
Bei den Haushaltshilfen ebenso wie beim Ehepaar.
Ich wurde verwöhnt und verhätschelt; allerdings stand ich auch beim männlichen Geschlecht gut

im Kurs. (Ich nehme an, dass ich doch ein richtiger Bub war).

Diese Leute hatten selbst keine Kinder, deshalb war ich für sie wahrscheinlich auch eine Art Ersatz dafür.

Für sie der brave, nette, ordentliche Junge.

Für ihn eher der etwas wilde, nicht immer folgsame, eben richtige Bub.

Besuche bei meinem Taufpaten bzw. besonders bei meiner Wahltante – seiner Frau – waren immer ein Erlebnis.

Sie war wohl die erste „Dame" die ich kennen lernte.

Später dachte ich, dass sie eigentlich gar nicht zusammen passten.

Er war tüchtig und erfolgreich und sicher nicht dumm; ein relativ erfolgreicher Geschäftsmann; aber sie hatte Stil.

In Niederösterreich hatte er außerdem auch ein Haus (mit Jagd).

Außerdem ein Auto mit niederen – echtem – Kennzeichen.

(Viel später wurden solche Kennzeichen teuer „gehandelt". Obwohl natürlich nicht käuflich zu erwerben - Wunschkennzeichen gab es erst nach der Umstellung auf die heute gebräuchlichen Tafeln – gab es doch Mittel und Wege um zu einem Kennzeichen mit möglichst niederer Nummer auf seinem Auto zu gelangen.

27

Im Normalfall waren die Kennzeichen sechsstellig; fünfstellig war schon ein Ding; vierstellig ein Wahnsinn – mein Teufpate hatte ein solches; dreistellig für den Normalverbraucher nicht zu bekommen.

Eine Prestigesache.

Ich hatte später im Laufe der Zeit drei von diesen niederen Kennzeichen).

Also – wie gesagt – eine durchaus angenehme und interessante Umgebung, in der ich aufwuchs.

Eine der Unannehmlichkeiten und Aufregungen, an die ich mich erinnere, war ein Unfall meines Vaters, nach diesem er bewusstlos und verletzt ins Spital kam.

Mein Taufpate setzte uns davon in Kenntnis und holte uns auch gleich zu einem ersten Besuch.

Mein Vater war sozusagen die „rechte Hand" meines Taufpaten.

Auch meine Mutter war für eine gute Freundin tätig.

Ich war also nie eingesperrt, und bei Bedarf immer gut versorgt und behütet.

Kein Schlüsselkind.

III

Meine schulischen Leistungen waren zwar nicht mehr ganz so gut wie anfangs, aber noch immer zufrieden stellend.

Ich konnte mich allerdings nicht wirklich entscheiden, welche Richtung bei der Weiterbildung ich einschlagen sollte.
Kurzfristig hatte ich die fixe Idee, einen Handwerklichen Beruf zu wählen – ich bastelte damals gerne Miniaturen – und meinte, dass etwas mit Feinmechanik das Richtige wäre.
Eine „Schnapsidee".
Ich bin nie ein Handwerker gewesen und wäre auch keiner geworden.

Meine Fähigkeiten lagen eher auf geistigem Gebiet. (Bitte nicht missverstehen; ich hielt und halte mich für kein geistiges Genie).

Obwohl mich viele Dinge – angefangen bei Einsteins Relativitätstheorie – faszinierten.
Auf diese bin ich eigentlich durch den Film „Planet der Affen" in seiner „Urversion" mit Charlton Heston, gekommen.

Vielleicht erinnern Sie sich, dass das Raumschiff letztendlich auf der Erde gelandet war; nur in weiter Zukunft, die dann von Affen beherrscht wurde,

was damit zu tun hatte, dass die Zeit für die auf
der Erde gebliebenen anders verging als die mit
einem Raumschiff nahe der Lichtgeschwindigkeit
sich Bewegenden; die brauchten für einige Hun-
dert Erdenjahre nur ein paar Jahre im Weltraum.
(Später faszinierte mich auch die Feldtheorie, die
beim so genannten „Philadelphia-Experiment"
verwendet wurde).

Aber davon abgesehen, reizte mich für kurze Zeit
ein Studium auf der Graphischen Lehr- und Ver-
suchsanstalt.

Obwohl ich eigentlich auch für Medizin ein Faible
hatte; nur damals kein Blut sehen konnte.
Also war ein Jus-Studium das Gegebene.
Auch etwas, das mich interessierte.

***

Vorher kamen allerdings noch einige Dinge auf
mich zu, die absolut verzichtbar obwohl grund-
sätzlich unvermeidbar waren.

Meine Großmutter – mütterlicherseits - hatte Dia-
betes.
Eines Tages ging es ihr wirklich schlecht.
Mein Großvater injizierte ihr täglich Insulin.
Damals noch mit einer Spritze – Metall und Glas-
körper - und Nadel, die immer wieder ausgekocht

wurden – wie halt früher medizinische Sachen steril gemacht wurden.

Sie musste ins Spital.

Einige Tage später bekamen wir mit dem Briefträger die Nachricht in Form eines Telegramms, dass meine Großmutter verstorben sei.

(Telefon hatten damals nur eher Begüterte).

Meine Mutter hatte das schon die letzte Nacht geträumt. Wie auch vor der Benachrichtigung über den Tod ihres Bruders während des Krieges. Es war schlimm.

Meine Eltern und Großeltern gehörten einer heute verschwindenden Spezies von Menschen an, die aus Liebe geheiratet und dann auch zusammen geblieben sind.

Mein Großvater starb drei Monate nach meiner Großmutter.

Der gerufene Arzt – damals kam noch der Hausarzt, auch in der Nacht auf Krankenbesuch – war etwas zu spät.

Nicht durch seine Schuld.

Was nicht heißen soll, das ein etwas früheres Eintreffen viel geändert hätte.

Ich war beim Sterben dabei.

Ein Erlebnis, das ich bis heute nicht vergessen habe.

Mein Großvater atmete mit einem mal schwer und laut. (Er wollte – weil er dies wohl mitbekommen hat – ein Radio, welches nicht eingeschaltet war, leiser drehen).

Dann war es plötzlich still. Er sank auf seinem Sitz zusammen und atmete nicht mehr.

Nach kurzer Zeit kam aber wieder Bewegung in seinen Körper.

Ich hoffte schon, dass er vielleicht nur ohnmächtig geworden war; aber der Arzt erklärte mir später, dass nur die Luft aus den Lungen entwichen und die Muskeln sich entspannt hätten.

Bis nächsten Tag lag er dann auf einer Couch; zugedeckt, auf die Abholung durch den Leichenwagen wartend.

Die Diagnose war Herzversagen.

Unser Arzt sagte uns aber, dass das die medizinisch, fachliche Version sei.

Tatsächlich ist er an „gebrochenem" Herzen gestorben.

Er hatte sich den Tod seiner geliebten Frau so zu Herzen genommen, dass dieses dann eben nicht mehr konnte.

***

Nicht sehr lange danach, war ich wieder in ein traumatisches Erlebnis eingebunden.

Mein Vater war zu hause; ich ebenso – allerdings in einem anderen Raum.

Ich wartete auf einen Freund – einer von uns Vieren – J, der sich wieder einmal verspätet hatte.
Plötzlich hörte ich meinen Vater schwer atmen und nach Luft ringen.
Seine Lippen nahmen eine bläuliche Färbung an und mich traf halb der Schlag.
Er konnte fast nichts mehr reden.
Telefon hatten wir auch damals noch nicht.
Ich nehme an, dass ich in einem Alter von zwischen 13-15 Jahren war.
Ich versuchte es mit Mund zu Mund Beatmung.
Dann kam mein Freund.
Ich schickte ihn sofort nach dem Arzt zu telefonieren.
Der kam auch; rechtzeitig.
Mein Vater wurde ins Spital gebracht – er hatte einen Herzanfall.
Meine Mutter – die unterwegs war – ließ ich durch meinen Freund benachrichtigen.

Später erklärte mir „unser" Arzt, dass ich meinem Vater mit der Beatmung wahrscheinlich das Leben gerettet habe.
Er genas wieder.

***

Derselbe Freund, war auch bei einer für mich wichtigen, obwohl ganz anders gelagerten Situation, dabei.

Ich habe eingangs schon von einem Mädchen er-
zählt, welches die Tochter von Freunden meiner
Eltern, und eine rechte „Tratsche" war.
Irgendwann dürfte sich ihr Verhalten doch etwas
geändert haben.
Bei einer Gelegenheit, wobei wir zu dritt und im
Garten waren – genannter Freund und das Mäd-
chen – blödelten wir herum und plötzlich gab sie
mir eine – wenn auch leichte – Ohrfeige.
Nun ist das wirklich nichts, was mich erfreuen
könnte; schon gar ohne Grund.
Aber sie fragte mich, ob ich noch nie davon ge-
hört hätte: eine Ohrfeige, ein Kuss !?
Nein. Hatte ich nicht.
Worauf sie mir einen Solchen gab.
Natürlich nicht unbedingt in der Art, den ich später unter der Bezeichnung verstanden hätte.
Mein Erstaunen war nicht gering; wenn auch nicht
so groß wie das meines Freundes, der das alles
natürlich mitbekommen hatte.
Anschließend schmusten wir noch etwas herum.
Es war ein toller Nachmittag und für mich ein so
genanntes „Schlüssel-Erlebnis".
Die Folge war, dass wir dann bei jeder sich bie-
tender Gelegenheit das ganze – allerdings ohne
vorangehende Ohrfeige - wiederholten.

Natürlich wurde ich mit der Zeit kühner.
Ich tastete mich etwas weiter vor.
Wir gingen Händchen haltend.

Irgendwann hatte sie mir auch erklärt, wenn ich eine Andere hätte, würde sie mir die Augen auskratzen.

Obwohl es vermutlich schlimm ist; ich weiß nicht mehr genau, wann das statt gefunden hat, bzw. wie alt ich damals war. Geschätzte 14 bis 15 ?
Sie eben zwei Jahre jünger als ich.
Wie ich schon bei früherer Gelegenheit erwähnte, war die Aufklärung zu dieser Zeit nicht unbedingt die Stärke von - offenbar nicht nur - meiner Eltern und deshalb wohl im Argen.
Eine wirkliche Aufklärung erfolgte erst in der Schule im Alter von etwa 15 – 16 Jahren!
Für zumindest eines unserer Mädchen (Klassenkameradin) zu spät. Sie war bereits schwanger.

Diese Situation hatte auch zur Folge, dass ich - nachdem ich einmal beim interessierten Kennenlernen ihres Körpers mit meinen Händen in unteren Regionen kam (wir schliefen alle in unserem kleinen Gartenhaus, etwas beengt) - nächtens aufstand und mir die Hände kräftig wusch.
Weil: von Geschlechtskrankheiten hatte ich schon etwas gehört.

Aber ansonsten verlief das Ganze interessant, unterhaltsam und angenehm.
Ihr Großvater führte oft Filme vor. Ausgeborgte, wie heute Videos oder DVDs.

Wir saßen dann mit unseren Familien zusammen; immer danach trachtend, nahe beisammen zu „kleben", da wir u.a. die Dunkelheit dazu nützten, auch bei dieser Gelegenheit Händchen zu halten.

Einmal gingen wir vom Garten nach Hause.
D.h. bis zur Straßenbahn, die damals noch nicht in die Gegend unseres Grundstückes fuhr; nur ein Bus, aber nicht oft.
Auto hatten meine Eltern nie, die Anderen später schon.
Wir zwei als Letzte. Händchen haltend.
Irgendwann drehte sich mein Vater um - wir kamen nicht so schnell auseinander - und sah, was es zu sehen gab.
Er verlor aber kein Wort; drehte sich nur mit einem leichten Lächeln wieder um und ging weiter.

An Silvester – wir waren wieder alle beisammen – waren „sie" und ich in einem anderen Raum.
Wir waren beschäftigt. Schmusten, was das Zeug hielt und waren „happy".
Natürlich immer darauf achtend, möglichst frühzeitig zu bemerken, wenn sich wer näherte.
Um Mitternacht gingen wir zu den Anderen um auf Neujahr „anzustoßen".
Alle küssten sich – bei uns heißt das „Busseln" – und auch wir wurden aufgefordert. Eingedenk des Jahreswechsels uns ein „Bussi" zu geben.

Wir wehrten uns lange schamhaft; gaben dann aber um den Eltern und Anderen eine Freude zu machen, nach. Die Situation wurde auch sofort auf Film gebannt.

Zum Gaudium von – fast? Allen; bei meinem Vater konnte ich ja annehmen, dass er nicht ebenso unwissend wir die Anderen war – weil wir das so verschämt hinter uns brachten.

Wir zwei gingen dann jedenfalls wieder in einen anderen Raum und taten, was wir schon vorher ausgiebig getan hatten – Schmusen.

***

Mit diesen Freunden meiner Eltern und zumindest der jüngeren der beiden Töchter, fuhren wir auch öfters gemeinsam auf Urlaub.

In Niederösterreich kannten die von früher ein kleines Dorf – es hatte vielleicht 20 – 30 Häuser, einen Gasthof – in dem wir anfangs auch wohnten – und ein Gemischtwarengeschäft.

Dort verbrachten wir öfters den Urlaub.

Es war sehr nett, wenngleich anfangs etwas langweilig.

Drei km von diesem Ort befand sich ein etwas größerer. Die Straße zu „unserem" immer ansteigend.

Es fuhr auch ein Bus; und es war ein Erlebnis damit diese schmale und teilweise steile Straße zu befahren.

Der Bus war natürlich auch nach heutigen Maßstäben „alt". Wird so Baujahr 1950-60 gewesen sein.

In dem größeren Ort gab es auch ein Freibad.
Eigentlich eine Schlammgrube mit Kabinen rundum.
Aber mir der Zeit fand ich auch in unserem Nest einige Freunde.
Da war u.a. ein etwas freches, aber recht hübsches Mädchen.
Außerdem war eine Burgruine in der Nähe, auf der wir - trotz Verbotes - ausgiebig herumkletterten.

Auch mein Freund - vom „ersten Kuss" - war zeitweise dabei.
Er lebte nur mit seiner Mutter und verbrachte viel Zeit mit mir und bei uns.
Wie schon erwähnt, war er auch ein „Fan" meines Großvaters.

***

Wir fuhren auch nach Jugoslawien.
U.a. mit den Bekannten mit „der" Tochter.

Teilweise zelten, teilweise auch in Pensionen und
Hotels – in verschiedenen Orten bzw. Städten.

Damals war Jugoslawien noch ein Staat.
Zwar schon auf Tourismus ausgerichtet, besonders in den Küstengegenden, aber noch sehr „öst-
lich".

Mit dem Sohn der zeitweiligen Chefin meiner
Mutter - ich habe sie schon früher erwähnt -
machte ich auch eine Rundfahrt Österreich - Ita-
lien.
Er hatte schon einen Führerschein und auch ein
Auto.
Ich hatte beides noch nicht.
Mit ihm war ich das erste Mal in Venedig.

Wieder in Österreich, verlor ich bei einer Pass-
Überquerung nach einem Unwetter einen Schuh.
Ich musste Pinkeln, und ging vom Auto und der
Straße weg etwas in den angrenzenden Wald, um
so vor Blicken sicher zu sein.
Leider war der Boden teilweise derart morastig,
dass mein Schuh irgendwann futsch war.
Ich tastete lange im Schlamm herum, bis ich ihn
endlich wieder fand.
Zum anziehen war er zu diesem Zeitpunkt natür-
lich nicht.

Leider ist dieser Freund einige Jahre später an Lymphdrüsenkrebs gestorben.

Viel zu jung. Trotz Behandlungen.
Vielleicht waren damals die Möglichkeiten noch nicht so wie heute; aber auch jetzt sterben Leute – oft auch Kinder – an Krebs.
Den Eltern blieben allerdings noch zwei weitere Kinder, ein Junge und ein Mädchen.

Das Mädchen hatte mir einmal – bei einer Gelegenheit, wo es mir ziemlich schlecht ging – einen kleinen Engel geschenkt, der mich beschützen sollte.
Ich habe ihn noch heute.

***

Ein weiterer Punkt in meinem Leben war der, dass ich mit meinen 3 Freunden eine Tanzschule besuchte.

Ich lernte dort auch ein nettes Mädchen kennen.
Allerdings erregte dann doch ein Anderes – sie war mit einer Freundin dort – mehr meine Aufmerksamkeit.
Beide waren blond und hübsch.
Während ich mich um die Eine bemühte, versuchte mein erster Freund - P - sein Glück bei der Anderen.

Des besseren Verständnisses wegen, möchte ich
den Freunden – die auch später noch vorkommen
werden – eine schon vorher vorgekommene Bezeichnung geben.
Mein erster Freund, von der ersten Klasse an, unsere Mütter Freundinnen war P.
Der nächste, wo zumindest die Mutter meine Eltern kannte – R.
Der, welcher beim ersten Kuss dabei war und nur
seine Mutter hatte, J.
Er hatte allerdings einen Spitznamen, der sich aus
einer „Umgestaltung" seines Nach-Namens ergab.

Blond war im übrigen lange Zeit für mich die
Vorstellung der Haarfarbe eines Mädchens
schlechthin.
Meine „erstgeküsste" Freundin war dunkel.
Übrigens war ich durch sie, der erste in unserer
Clique, der eine Freundin hatte.

***

Ich würde rückblickend feststellen, dass sich
schon damals eine nicht allzu große Beständigkeit,
Beziehungen zu Frauen betreffend, abzeichnete.

Ja doch.
Es war eine schöne Zeit.

Wenngleich mir natürlich – durch das schon Erlebte – etwas „der Kamm schwoll" und ich mich auch zu „Abenteuern" mit anderen Mädchen bereit und fähig fühlte.

Es dauerte nicht allzu lange, bis ich feststellen musste, dass die gleichaltrigen Mädchen eher Interesse an älteren Jungen hatten.
Um eine traurige Erfahrung reicher.

IV

Ich machte meinen Führerschein und mich außerdem auf das Leben bereit.
Die Schulen hatte ich erfolgreich abgeschlossen.
Leider ohne die Erreichung eines akademischen Titels.
(Allerdings nicht aus Versagen, sondern eines Kurswechsels wegen).
Aber mit einem gut dotierten Job.

Es kam die Zeit dessen, was den meisten jungen Männern sozusagen ins Haus steht.
Das Bundesheer (in Deutschland Bundeswehr).

Erfolglos versuchte ich mich an einer Einberufung vorbeizumogeln.
Es gelang mir auch nicht, das Ganze möglichst weit vor mir her zu schieben.

Vorher hatte ich allerdings noch eine Begegnung der besonderen Art.

Einer meiner 4 Freunde - R, bzw. dessen Eltern, hatten Münchner Freunde.
(Es war dies der zweite Hinzugekommene – bei der Schule nachzulesen. Der zuletzt dazugekommene hatte nur eine Mutter, die unsere Eltern nicht kannte/n).
Diese waren – wieder einmal – in Wien.

Diesmal allerdings mit noch Verwandten von ihnen und deren Tochter.

Der Ordnung halber muss ich berichten, dass auch die „Ur"-Freunde eine Tochter hatten, lieb, aber doch nicht wirklich mein Typ.

Allerdings bemühte sich J sehr um sie und ihr Vater hätte glaube ich nichts dagegen einzuwenden gehabt.

Offenbar allerdings sie.

Seine Bemühungen blieben ohne Erfolg.

Zwei mal hatte ich davor schon mit deutschen Mädchen zu tun.

Mit Einer aus Neukirchen am Knüll/Kreis Ziegenheim – einen Ort dieses Namens gibt's wirklich in Deutschland – und Einer aus Hamburg.

So weit so gut. Jetzt war also München an der Reihe.

Sie war wirklich ausgesprochen nett; vielleicht keine Schönheit, aber alles in allem – oho!

Wir waren hier viel zusammen. Meistens zu viert. Die beiden Münchner Mädchen, mein Freund R und ich.

Dann kam die Zeit des Abschieds.

Sie fuhren heim nach München und ich zu einem mir fremden und nicht gemochten Bundesheer.

***

Ich weiß heute noch nicht, was damals in mich gefahren ist.

Ich hatte einen riesigen Koffer mit ich-weiß-nicht-was-allem und mit einer Menge Büchern, da ich mit Recht annahm, Fernsehen würde es keines geben.

Es gab aber auch keine Zeit für Bücher.

Eines der ersten Dinge, die ich feststellen musste: ich hatte den schwersten und größten Koffer von allen vom Bahnhof in die Kaserne zu schleppen.

Meine Ausbildungszeit war nicht extrem lustig, hätte aber schlimmer sein können.

Meinen Zivilführerschein hatte ich schon vorher und meldete mich bei der Musterung zu den Kraftfahrern; ohne Wissen oder Zusage, ob ich mit meiner Meldung auch erfolgreich war.

Später sah ich, dass ich zu den Kraftfahrern kam.

Meine Grundausbildung machte ich in Mistelbach (Ein Ort ca. 50 km von Wien entfernt).

Sechs Wochen – (3 Monate normalerweise zu dieser Zeit) – anschließend kam ich nach Wien, wo ich meinen Bundesheer-Führerschein machte. Dieses dauerte noch mal 6 Wochen, die in die Grundausbildungszeit eingerechnet wurden.

Ich sollte vielleicht anmerken, dass dieser Führerschein mit dem "Zivilen" nicht zu vergleichen ist. Er ist schon schwieriger zu bewältigen.

Die Grundausbildung war nicht ohne „Abenteuer" und Aufregungen.
Gleich am ersten Tag, hatte ich etwas Probleme mir einem Ausbildner.
Ich kam nach Klogang oder ähnlichem wieder in „mein" Zimmer, in dem sich jetzt ein mir Unbekannter aufhielt.
Er fragte mich, was ich hier mache.
Meine Antwort, dass ich jetzt anscheinend hier her gehöre, genügte ihm nicht.
„Wer sagt das?"
Meine Antwort war logischerweise, „na ich. genügt das"?
Ihm offenbar nicht.
Ich hätte Meldung machen müssen.
Scherzkeks.
Den ersten Tag bei dem Verein und soll schon alles wissen.

Was ich damals auch nicht wusste, war die Tatsache, dass in der Grundausbildung ein Soldat mit einem so genannten „Ausbildnerschnürl" – an dem eine Pfeife hängt, schon wer ist.
Später - in der Einsatzkaserne – war man nicht einmal mit einem Stern wer.

Bei einer Nachtübung war ich zur Bewachung unseres Lagers an einem Graben, eingeteilt.
Es wurde ein Losungswort ausgegeben.
„Waldschenke"
Unser Kasernenkommandant war ein - zumindest ursprünglich Deutscher – der nächtens eine Kontrolle machte und auf mich traf.
Auf meinen Anruf „Halt, wer da?" und der Frage nach der Parole, erwiderte er mir „Walddiele", welche falsch war.
Das konnte ich nicht akzeptieren – es konnte ja auch nur ein Test sein – und ich rief ihn wieder an.
Schon ungehalten wiederholte er das falsche Passierwort.
Beim dritten Mal erklärte er mir lauthals, ich sei ein Dussel und ich ließ ihn passieren.
Was hätte ich auch machen sollen.
Ihn mit meinen Platzpatronen erschießen?

Später stellte sich natürlich heraus, dass ich im Recht war.
Na toll.
Keine Entschuldigung oder ähnliches für den Dussel.

***

Ich hatte, wie schon erwähnt, meinen Zivil-
Führerschein gemacht - zu dieser Zeit konnte man
zwar mit beiden Scheinen den Straßenverkehr
unsicher machen - aber man musste sie getrennt
machen und eine separierte Prüfung ablegen.
Diese erfolgte in Wien, in der sog. Einsatzkaserne.

Ich fuhr u.a. mit einem Puch Haflinger durch die
Gegend; das war ein kleiner, sehr geländegängiger
Wagen für vier Personen – in offener oder ge-
schlossener Version.
D.h. mit abnehmbarem Stoffaufbau und Plastik-
fenstern.

Es war recht lustig, obwohl die Endgeschwindig-
keit nicht berauschend war.
Aber im Gelände – ein Abenteuer.
Ich war also in Wien stationiert und fuhr tagsüber
für die Landesverteidigungsakademie - meistens
viel Gold - durch die Gegend.

Diese Akademie war in einer anderen Kaserne.
Ich hatte also das Glück, bei den Appellen - so-
wohl morgens wie auch abends - nicht in meiner
Einsatzkaserne anwesend sein zu müssen.

Ich fiel sicher nicht durch besonders militärisches
Gehabe auf.

Schon in der Grundausbildung wurde mir nach etwa 14 Tagen - vor unserem ersten Ausgang - im wahrsten Sinne des Wortes der Kopf geschoren.
Als ich die vor mir Bearbeiteten sah, traf mich leicht der Schlag.
Vielleicht ok für einen US-Marine.
Aber für uns?!
Nur der Hinweis, dass mein Vater Frisör sei und ihn der Schlag treffen würde, wenn er mich so sieht, verhinderte das Schlimmste.
Aber das, was trotzdem geschah, war auch noch schlimm genug.

Die Sonne schien schön während der Grundausbildung und ich war um den Hals relativ braun.
Nun hatte ich hinten eine weiße Fläche; dort wo mir jetzt die Haare fehlten.
Ich wäre in Wien am liebsten unterirdisch gegangen.

Die Möglichkeit übers Wochenende – d.h. von Samstag auf Sonntag zu Hause schlafen zu dürfen – musste man sich „verdienen".
Durch besonders zackiges Verhalten (nicht meines) oder durch gute Ergebnisse bei diversen verbalen Prüfungen.
Sehr zum Leidwesen meines Vorgesetzten, der ein zackiger Soldat war und auch darauf Wert legte, dass seine Untergebenen so waren, konnte ich

meisten nur bei dem Verbalen Punkten und hatte damit oft meinen „Urlaubsschein" in der Tasche.
Dies war in der Ausbildungskaserne.

***

In der Einsatzkaserne in Wien ging es allerdings auch nicht ohne kleinere Probleme ab.

Damals wurde eben noch sehr auf den Haarschnitt geachtet und ich hatte damit öfters Probleme.
Allerdings durch meine Art auch gewisse Vorteile.
Als mich der Kasernenkommandant der Einsatzkaserne einmal zum sofortigen Haarschneiden befahl, sagte ich ihm, ich würde bei nächster Gelegenheit die Sache meinem Vater überlassen – der war an sich gelernter Frisör – welches ihm nicht genügte.
Da warf sich der Kompanieführer – im Rang weit unter dem Ersteren – für mich ins Zeug und erklärte, wenn ich das sagte, würde es auch so sein.

Naja. Ich war zwar nie ein „Schleimer", aber meistens verlässlich.

Ein Problem schon während der Fahrschulzeit hatte ich mit meinem Kraftfahroffizier.
Trotz dem die Fahrzeuge voll synchronisiert waren, mussten wir in der Fahrschule lernen, beim

50

Raufschalten doppelt zu kuppeln und beim Retourschalten Zwischengas zu geben.

Bei einem Nacht-Mot-Marsch, fuhr besagter Offizier mit mir.
Es ging bergab und die Kurven waren eng.
Das Tempo war vielleicht auch nicht so ganz angepasst weil ich ja statt mit dem rechten Fuß zu bremsen, Gas geben musste.
Also ging`s etwas flotter und ausgreifender dahin, was zur Folge hatte, dass den guten Mann die Nerven verließen und er tatsächlich vor versammelter Mannschaft behauptete, ich hätte ihn umbringen wollen.
Auch ein Scherzkeks.

Auch in späterer Folge liebten wir uns nicht.
Ich bekam einen Wagen zugewiesen, bei dem der Retourgang nicht hineinging.
Er stand mit der Front zu einer Mauer.
Ich kam dieser immer näher und reklamierte dann.
Der Herr Großkotz erklärte mir, ich hätte keine Ahnung vom Fahren, setzte sich hinein und fuhr in die Wand.
Na also. So kann`s gehen.

Bei einem längeren Marsch hatte ich ungeeignetes Schuhzeug oder auch nur Falten in meinen Socken.

In jedem Fall hatte ich nach einigen Kilometern fürchterliche Schmerzen in den Füssen.

Beim Marsch fuhr ein Wagen mit, der die Soldaten, die nicht mehr konnten, aufnahm.

Mein Vorgesetzter – der sah, wie es mir ging – forderte mich auch dazu auf.

Das ließ aber mein Ego nicht zu.

Ich marschierte die ganze Distanz – Ende war Samstag Vormittag und ich hatte einen Urlaubsschein in der Tasche – und als ich endlich in der Kaserne ankam, war an mir kein trockener Faden mehr.

Als ich mir Schuhe und Strümpfe auszog, wurde einigen meiner Kameraden übel.

Mir allerdings – wenn auch anders – auch.

Meine Füße waren nur blutig.

Blasen, die aufgegangen waren, wieder Blasen, bis das „rohe Fleisch" zu sehen war.

Kurze Zeit - d.h. einige Minuten – darauf, hatte ich einen Kreislaufkollaps. Ich konnte nur mehr den Diensthabenden nach der „Sani"(tät) schicken und damit war es vorläufig auch vorbei.

Beim Transport auf der Bahre über den Kasernenhof, liefen wir noch dem Kasernenkommandanten über den Weg, der mir erklärte, das dieses eben vorkommen könne und hart mache.

Ich hätte ihn gerne gefragt, was ER für sein „Hartwerden" getan hat.

Ich lag dann gute 10 Tage in der Sanitätsabteilung der Kaserne, mit Untersuchung im Militärspital.
Ich überstand das Ganze und wenn ich mir das Können und die Art - auch der Behandlung - unseres Stabsarztes vor Augen führe, grenzte das an ein kleines Wunder.

Ein Gutes hatte das Ganze.
Ich war in aller Augen geachtet. Ein „harter Hund", fast ein kleiner Held.
Ja; und so ging es dahin.

Einen Tag, an dem ich auch nach Hause hätte dürfen, bekam ich einen Strafdienst und durfte die Kaserne nicht verlassen.
In Ermangelung einer vernünftigen Tätigkeit - ich hatte noch kein einsatzfähiges Auto – lümmelten einige von uns auf dem so genannten Waschplatz - für Autos - herum bzw. legten sich auf die Ladefläche eines Transporters und dösten. Ich auch.
Nicht allzu lange.
Ein Vorgesetzter kam, kontrollierte und bestrafte.

Wir hatten an diesem Tag gerade unseren Telefonanschluss in der elterlichen Wohnung bekommen und so konnte ich mich auf diesem Weg bei meinen Eltern abmelden.

Etwas, das mir die ganze Zeit auch angenehm und erträglich machte, war die Tatsache, dass ich in

ständigem brieflichem Kontakt mit „meiner"
Münchnerin war.

Mitte Dezember kam die Zeit des Abrüstens.
Ein Fest für uns.
Ich machte mich schon die längste Zeit bei meinen Vorgesetzten nicht wirklich beliebt.
Der Grund war, dass ich in meinem Spind eine
Box mit einem Zentimetermaß aufgehängt hatte.
Der Begleittext lautete: Es kann uns jeder fragen,
wir rüsten ab in ..Tagen.
Jeden Abend wurde ein Zentimeter abgeschnitten
und in feierlicher Prozession – stellvertretend für
einen Tag - zu „Grabe" getragen.
Das spielte sich meistens so ab, dass ich schnitt,
den Schnipsel auf einen Holzhocker legte, der von
vier Mann – einer für jedes Bein – über den Gang
getragen wurde.

Ein besonders Vorwitziger, hatte bei seinem schon
ramponierten Nachthemd – so etwas mussten wir
tragen (natürlich in ordentlichem Zustand) – ein
Stück weggerissen, so dass sein Hintern sichtbar
war.
Leider war das nicht unser Tag oder Abend.
Ein Vorgesetzter kam dazu und wir bekamen etwas „Beton".

***

So kleine Einlagen wie folgende, dürfen vielleicht auch nicht in der Aufzählung fehlen.

In der Kaserne der Landesverteidigungsakademie war ich in einem Zimmer im zweiten Stock untergebracht, wo ich wartete, zu einer Fahrt eingeteilt zu werden und mich die Zeit dazwischen langweilte.

Eines Tages hatte ich für 14h eine Fahrt bekommen und wartete schon etwas ungeduldig auf den zu Befördernden.

Es war schon ¼ nach 14h und ich war noch immer in Warteposition.

Ein Blick in den Hof zu meinem Wagen zeigte mir, dass ein nervös wirkender Uniformträger neben meinem Wagen herumzappelte.

Ich ging sicherheitshalber hinunter und wurde nicht wirklich freundlich begrüßt.

Was mit mir los sei, er warte schon eine Viertelstunde.

Ich erklärte ihn, dass ich mich auch schon gewundert hätte, weil ich so lange warten musste.

Darauf fragte er mich, ob ich glaube, dass es üblich sei, dass sich die Vorgesetzten beim Untergebenen zum Dienst melden müssten.

Ich erklärte ihm, dass es bis jetzt so war und die Vorgesetzten zu mir ins Zimmer gekommen wären und mich geholt hätten.

Dafür hatte er kein Verständnis.

Ich hatte keines für das angeschnauzt werden und so wirkte sich das vermutlich in meiner Fahrweise aus.

Am Zielort angekommen - ein Ministerium - stieg er gleich aus und veranlasste bzw half mit, mir das Tor der Einfahrt zu öffnen.

Na also.

Geht doch.

Aber trotzdem hatte ich was falsch gemacht.

Er konnte immer noch scheinbar problemlos gehen.

Aber sonst ging das meiste in Wohlgefallen an mir und den meisten von uns vorbei.

Obwohl ich mich nicht als "Härtling" sehen würde, hat das Bundesheer keinem von uns geschadet.

Das Abrüsten bzw. unser Verlassen mit Privatautos des Kasernenbereiches ging vermutlich in die Annalen der Kaserne – die sicher schon schlimmes erlebt hat – ein.

V

Ja. Und jetzt stand Weihnachten vor der Tür.
Mein Freund – der zweite hinzu gekommene = R
– war zum gleichen Zeitpunkt eingerückt (der
Erste/P war erst später dran und der Dritte/J ein
Jahr früher) und war demnach zur gleichen Zeit
„frei".

Wir feierten Weihnachten mit unseren Familien
und am 25. Dezember ging es für uns Beide los
nach München.

Wir fuhren mit einem Wagen seines Vaters.
(R hatte noch keinen Führerschein und ich noch
kein Auto).

Wir waren in München.
Wir wohnten bei den Freunden meines Freundes
bzw. seiner Eltern.

Ich sah beide Mädchen wieder – aber natürlich
mit besonderer Freude die Eine; „meine" Münchnerin.

Es war eine schöne Zeit. Wir unternahmen viel.
Von Besichtigungen – was kann es Besseres geben, als von „Einheimischen" geführt zu werden –
über gesellschaftliche und sportliche Aktivitäten.

Die Zeit verging sehr schnell und irgendwann kam
die Zeit des Abschieds.

Mit einem „weinendem" - der Abschied von „ihr"
fiel mir nicht so leicht - und einem „lachenden" -
wieder die Familie, die Eltern, die „Heimat" sehen
- Auge ging es heimwärts.

***

Ich stürzte mich ins Berufsleben.
Wieder relativ erfolgreich.
Ich hatte einen gut dotierten und interessanten
Job, allerdings mit lauter älteren Leuten als ich
selbst es war, als Untergebene.
Aber das bereitete für Keinen ein Problem.

Im übrigen waren Autos für mich nicht unwichtig.
Der Ralley-Sport hatte es mir angetan.
Damals gab es u.a. VW-Käfer mit etwa 120 PS,
etwas aufgemotzte Mini`s – z.B Austin Cooper
oder Morris, Ford Escort – auch „etwas" stärker.
Damit ließ sich schon einiges anfangen.
Man lag damals damit gut im Feld.

Für eine Monte Carlo Rallye oder eine andere
dieser Größenordnung reichte es sowieso nie.

Es waren ja auch die Formel-Boliden noch - für
heutige Verhältnisse - auch optisch nicht überwältigend.

Auch die Bereifung. Wie Bierdeckel.

Heute hat jeder stärkere PKW breitere Reifen als damals selbst die Formel I Boliden.

Autos die dann die Stars wurden, waren u.a. die blauen Renault-Alpine.

Dann auch Audi-Quattro.

400 PS; da war nicht mehr viel zu holen; obwohl wir einen Fahrer hatten, der auf einem Lada lange Zeit erfolgreich war. Rudi Stohl.

(Heute fährt sein Sohn ebenfalls Rallye).

Meine Verbindung zu „meiner" Münchnerin bestand zwar noch, wurde aber von meiner Seite nicht mehr so gepflegt.

Ich glaube sehr zum Leidwesen von ihr.

Ich hatte zuviel um die Ohren und vermutlich auch nicht wirklich die Kraft für eine Fernbeziehung.

Sie war zu jung um auf Dauer jetzt schon nach Österreich zu kommen; ich hatte zu viel hier erreicht und investiert um für ständig oder auch nur längere Zeit nach Deutschland zu gehen.

Bei einem Besuch eines Tanzlokals mit meinem Freund R – der, mit dem ich in München war – lernte ich ein Mädchen kennen.

Sie war ebenfalls mit einer Freundin dort.

Feststellen möchte ich vielleicht noch, dass, wenn ich zum Tanzen ging, meisten mit meinem ersten Freund, P, unterwegs war.

Er war vermutlich – natürlich neben mir (=Scherz) – der Fescheste (der am besten Aussehende). Davon abgesehen, konnte er auch etwas besser mit dem weiblichen Geschlecht umgehen.

Bei J war das Problem eher sein Aussehen; nicht hässlich, aber auch nicht männlich.

Wir hatten bei solchen Gelegenheiten oder auch beim Eislaufen, etc. schon öfters Mädchen kennen gelernt.

Er ist dann bei einer hängen geblieben.

Ich jetzt.

Ich brachte sie nach Hause und wir sahen uns öfters.

Allerdings wollte mich ihr Vater – für meinen Geschmack – viel zu schnell kennen lernen.

Bei einer Fahrt nach Oberösterreich, wo wir meinen Freund - R - (München), seine Eltern und die „Ur"-Münchner (die mit der anderen Tochter) trafen, hatte ich unbedacht ein für „meine" Münchnerin – mit der ich noch nicht Schluss gemacht hatte – schlimmes Szenario ausgelöst.

Die Münchner hatten ihrer Tochter – die zu diesem Zeitpunkt daheim im Spital lag – die Tatsache meines Besuches mit meiner Freundin brieflich mitgeteilt. (Möglicherweise waren wir schon verlobt?).

Diesen Brief las sie leider zu dem Zeitpunkt, als ihre Cousine – „meine" Münchnerin – bei ihr im Spital zu Besuch war.

Von dem „Zusammenbruch" der Armen wurde mir später berichtet.

Beruflich ging es mit mir aufwärts.

Einige Jobs – Positions- und Geldmäßig immer verbessert.

Ich konnte zufrieden sein.

Etwa eineinhalb Jahre nach unserem Kennen lernen heirateten wir.

Meine drei Freunde waren mit dabei.

Der „Feschak" P als Brautführer, seine Freundin als meine Begleitung; der mit mir in München war - R - als mein Trauzeuge und der Dritte (der bei meinem ersten Kuss dabei war) = J, nur so – als lieber Gast.

Ebenso wie z.B. mein Cousin – der älteste der drei Brüder.

Meine Frau hatte auch einiges an Verwandtschaft aufzubieten.

Mit einigen der Jüngeren verstanden wir uns auch gut und waren oft mit ihnen zusammen.

Wir waren viel unterwegs - ich auch geschäftlich - privat Beide.

Die Treffen mit der ehemals großen Verwandtschaft meinerseits wurden seltener.
Irgendwann sah man sich hauptsächlich nur noch
auf Beerdigungen.
Vermutlich, nicht zuletzt, weil die Alten der Reihe
nach wegstarben.

Ein gemeinsames gesellschaftliches Ereignis von
uns „Vier", war noch die Hochzeit von P.
Einige Zeit nach uns – d.h. mir und meiner Frau.

(Manchmal hatte ich das Gefühl, dass P immer
nachahmte.
Ich hatte ein neues Auto; er auch. Obwohl er mit
seiner Freundin schon länger zusammen war –
nachdem wir uns verlobten, taten sie das auch.
Bei der Hochzeit war es ebenso.)

So gingen die Jahre ins Land.

Die beiden Anderen waren nach wie vor „Frauen-
los".
Obwohl meine Frau und ich uns bemühten, R mit
einer Freundin zu versorgen – einige der Freundinnen meiner Frau waren ebenfalls noch solo –
hatten wir keinen Erfolg zu verzeichnen.

Dann bekamen wir unser erstes Kind.

Ein Mädchen und gewünscht. (Nicht unbedingt als Mädchen, aber als Kind).

Irgendwann in der Nacht, erklärte mir meine Frau, dass es soweit sei.
Wir fuhren los.
Blieben allerdings dann noch im Auto vor dem Spital sitzen.
Dann war der Zeitpunkt da, wo es wirklich soweit war.
Nach einigen Stunden war alles vorbei.
Gut gegangen für Mutter und Kind – beide hatten alles gesund überstanden und wir waren „happy".

***

Zu dieser Zeit machte ich mich auch Selbstständig.
Der Elektronikmarkt war aufstrebend und ich versuchte dabei mit hinauf zu kommen.

In meinen jungen Jahren war ich noch bei einem Unternehmen tätig, das einen der ersten Großcomputer besaß.
Groß wie ein Raum (Zimmer), wurde er noch mit so genannten Lochkarten gefüttert und konnte im Vergleich zu heute – es war jetzt etwa Mitte der siebziger Jahre – nicht viel.

Allerdings brauchte er noch wesentlich mehr Personen zum Betrieb, welcher Umstand für Jobs gut war.
Leute für die Verschlüsselungen, nach denen die Karten dann von so genannten Locher/innen weiterbearbeitet wurden.

***

Es war die Zeit, als Taschenrechner noch nichts, außer den 4 Grundrechnungsarten konnten, dafür aber um absolut hohe Preise erwerbbar waren.

Auch die Zeit der Quarzuhren war gekommen.
Jeder zeigte sich stolz mit seiner neuen, mit Digitalanzeige versehenen, Armbanduhr.
Vielleicht erinnern sich noch einige.
Die Ersten waren mit einer roten Anzeige, die nur auf Knopfdruck sichtbar wurde.
(Man brauchte also um die Zeit ablesen zu können, zwei Hände – auf der einen war die Uhr; die andere zum Drücken).

Vor kurzem sah ich einen alten „Colombo", mit Peter Falk und Oskar Werner, in dem Werner eine solche Uhr trug und sagte, das sei eine besondere Uhr und von ihm entworfen.

Handys gab es natürlich noch nicht.

Pager – bei uns Piepser(ln) genannt – setzten sich durch.

Die ersten hatten nur zwei Signaltöne, die man einer zurück zu rufenden Nummer zuordnete.
Später konnte man eine anzurufende Nummer senden, die in einem Sichtfeld erschien und noch später ganze Texte.

Fernsehspiele waren der Hit.
Kästchen, die an den Fernseher angeschlossen wurden und nichts weiter zu bieten hatten, als zwei oder vier Striche oder Balken, die man bewegen konnte um damit einen „weißen Ball" durch das grau-schwarze Spielfeld zu schießen.

Telefone fürs Auto gab es zwar auch bald bei und; aber nur fix im Auto montiert – Telefonhörer vorne, der Rest des Telefons im Kofferraum.
Die Preise waren allerdings derart, dass man sich um das Geld auch einen neuen – Klein- bis Mittelklassewagen – hätte kaufen können.
Später kamen portable Telefone; faktisch mit einem tragbaren Gerät – wie ehemaligeFeldtelefone beim Heer.

LCD Quarzuhren waren in.
Diese, die auch noch heute von vielen Firmen - eigentlich wieder - angeboten werden, wenn auch mit viel mehr Können – mit Flüssigkristallanzeige.

Zwei Jahre später bekamen wir wieder Nachwuchs.
Wieder ein Mädchen und wieder gewollt.
Natürlich hätten wir auch Buben „genommen",
aber so war es auch ok.
Zum Glück und unserer Freude waren ja Beide
gesund.

Ich weiß allerdings noch, dass ich beim Ersten
weit aufgeregter war.
Beim zweiten Mal waren wir Beide schon ruhiger.
Der Arzt, der bei der Geburt dabei war, war der
ständige Frauenarzt meiner Frau und so hatten wir
das Gefühl, dass sie in guten Händen sei.
Was auch stimmte.

Jeder, der Kinder hat, welches der drei Geschlechter auch immer, wird wissen, dass Nächte hierbei
nicht immer nur zum Schlafen verwendet werden
können.
(Sicher auch ohne Kinder nicht).
Aber was soll`s; das Resultat zählt und das ist
zufrieden stellend.

(Es braucht sich übrigens niemand zu wundern,
was die drei Geschlechter sind.
Das ist nur eine kleine „Hommage" an Woody
Allen, der in seinem Film „Die letzte Nacht des

Boris Gruschenko" meinte, er hätte gerne drei Kinder, eines von jedem Geschlecht).

Beruflich war ich ziemlich viel unterwegs.

Während ich mit einem Taiwanesen auf u.a. dem Elektroniksektor hier zu arbeiten begonnen habe; setzte sich die Tätigkeit – hauptsächlich mit Quarzuhren jetzt mit einem in Österreich lebenden Amerikaner – ehemaliger am. Kampf-Jet-Pilot; hier sehr gut verheiratet (reich) fort.

Es war schon eine tolle Zeit.

Schon allein dadurch auch interessant, weil man sozusagen als Geburtshelfer am Elektronik-Markt mit dabei war.
Taschenrechner, Quarzuhren, dann Computer.

Mein „Ami" arbeitete dann für einen amerikanischen Konzern als General-Manager für Europa. Bei dieser Gelegenheit lernte ich auch einen Schweizer kennen, der schon für die gleiche Firma – aber von der Schweiz aus – arbeitete.
Mein „Ami" wollte mich als General-Manager für Österreich und Osteuropa gewinnen.

Diese Aussicht vor mir, ging es wieder einmal in die Vorweihnachtszeit.

Weihnachten, bzw. die Adventzeit ist für mich vermutlich die schönste Zeit im Jahr.
Es gibt bei uns – in Wien – und auch im Bundesgebiet, ziemlich viele Advent- und Weihnachtsmärkte.
Zumindest die Wiener Märkte absolviere ich immer und das öfters.
Ja. Dann hieß es, mein „Ami" sei „fired".
Bei Amerikanern eine übliche Vorgangsweise; aus welchen Gründen man sich auch immer trennen mag.
Es gibt keine Kündigungsfristen o.ä.
Das war`s dann also.

Der – mögliche – Super-Job war ganz offensichtlich dahin.

Auch gut.
Es ging mir ja nicht schlecht.

Geschäftlich als auch privat hatte sich bei mir ja schon einiges getan.

Es würde sich wieder etwas Neues auftun.

VI

Das Neue ergab sich mit Anfang des neuen Jahres.

Ich bekam eine Einladung in die Schweiz; Tickets beim Flugschalter.
Etwas das sich in der nächsten Zeit zur lieben Gewohnheit entwickelte.
Swiss-Air, Austrian-Airlines, oder was auch immer.
Meistens max. 48 Stunden vor dem geplanten Flug, erreichte mich die Nachricht.

Ich flog also in die Schweiz.
Eingeführt von dem Schweizer, den ich bei seinem Geschäftsbesuch in Österreich vom Flughafen abgeholt und wieder hin gebracht habe.

Nach Hause kam ich mit einem Vertrag.
Ich blieb zwar weiter selbstständig, hatte aber den Auftrag eine österreichische Zweigniederlassung dieser Firma zu gründen, die auch für „Osteuropa" zuständig war. (Es war übrigens eine der ersten wirklich bekannten Firmen auf dem Computersektor).
Es war eine der damals bekanntesten Computerfirmen.
Und ich General-Manager für das Gesamte in Österreich und Osteuropa.

Ja. Dann ging`s dahin.
Immer wieder in den „Flieger"; oft die gleichen,
oft aber unterschiedliche Destinationen – Ziele.
Ich fliege noch immer nicht gerne.
Aber was bleibt einem über.
Es gibt heute keine wirkliche Alternative.
Alles muss schnell gehen und für große Entfer-
nungen bleibt nur das Flugzeug.

Die Zeit der Heimcomputer war angebrochen.
Meine Firma hatte sich vergrößert.
Ich belieferte viele Groß-Kunden in Österreich;
natürlich auch Kleine.
Ich begann den Markt nach „Osten" auszubauen.
Als eines der ersten Ziele stand Ungarn auf dem
Plan des Konzerns.

Mindestens zwei Mal jährlich gab es ein großes
Meeting des Konzerns; mit der Möglichkeit Frau -
oder auch Freundin – auf Konzernkosten mitzu-
nehmen.
Martinique, Bahamas-Nassau, Palo-Alto, u.v.a.
Zwischendurch immer wieder in die Schweiz.
Früh hin – abends retour.
Meistens, manchmal auch für länger.
Eine knappe Stunde Flugzeit pro Richtung
Manchmal fuhr ich auch mit dem PKW.
Dann dauerte eben alles etwas länger.

Ich habe schon erwähnt, dass ich expandiert habe.

Auch einige Detailgeschäften waren jetzt vorhanden.

Ich hatte eine „rechte Hand", die mich vertrat und entlasten sollte.

Meine Frau war nicht so sehr für Reisen eingestellt.

Einsteils wegen der Kinder; obwohl die bei unserer Abwesenheit von den Eltern, also ihren Großeltern – von beiden Seiten – gut versorgt waren.

Andererseits wollte sie selbst nicht wirklich.

Etwas absolut nicht Vorhersehbares und auch Problematisches passierte dann.

Die Frau meines Mitarbeiters - sehr jung, hübsch, aus gutem Haus, schwanger und blond!- und ich verliebten uns.

In einander.

Das so etwas nicht auf ewig geheim bleiben konnte und natürlich auch nicht gut war, ist keiner Diskussion wert.

Wir hatten uns einmal in der Wohnung des Paares gesehen.

Mein Mitarbeiter nahm mich mit; seine Frau war zu hause, weil es mit der Schwangerschaft einige Probleme gab.

Sie erzählte mir später, dass es bei ihr schon zu diesem Zeitpunkt gefunkt hatte.

Bei mir erst später.

Wir waren bei uns im Garten und spielten Karten.
Es war die warme Jahreszeit und wir waren bar-
fuss.
Sie und ich stießen mit den Füssen öfters zusam-
men. (Wir saßen uns gegenüber).
Unabsichtlich.
Zuerst.
Dann durchaus mit Absicht und bewusst.
Die Berührungen wurden zärtlicher.

Das begann an einem Samstag.
Sonntag waren wir wieder zusammen.
Vorsichtig wieder versuchend, wie die Situation
denn heute sei.
Es war gleich wie am Vortag.
Ein tolles Gefühl machte sich breit.

Ein paar Tage darauf rief ich sie an.
Wir redeten lange über Belangloses.
Auch darüber, dass wir uns zu spät kennen gelernt
haben.
Am nächsten Tag fuhr ich zu ihr nach hause.
Er arbeitete bei mir im Geschäft.

Irgendwann bekamen unsere Partner die Situation
mit – bzw. sagten wir es ihnen.
Ich glaube, dass meine Frau und ich noch besser
damit zurecht kamen.

Zu Beginn der Angelegenheit ging es mir absolut nicht gut.

Es hatte mich erwischt wie noch nie.

Ich war vermutlich bis über „beide Ohren" verliebt und ihr erging es ebenso.

Sie hatte ihrem Mann erklärt, dass sie sich scheiden lassen wolle.

War natürlich super zu diesem Zeitpunkt.

Obwohl es dafür vermutlich keinen guten Zeitpunkt gibt.

Ich glaube, dass ich meine Frau liebte.

Nehme allerdings an, dass dem keine große Verliebtheit vorausging.

Meine Frau wollte u.a. von zu hause weg, wo sie eher eingesperrt war.

Zu dieser Zeit hatte ich wieder mit Autorennsport begonnen.

Nicht als Fahrer – sondern als Rennstallbesitzer.

Eine große österreichische Rennsport-Hoffnung fuhr für mich. Mit einem Wagen von mir.

Nicht im Ralley- sondern im Formel-Bereich.

Das brachte es auch mit sich, dass ich oft bei den Rennen war, was natürlich eine zusätzliche Reisetätigkeit erforderte.

Für Reisen nach Ungarn brauchte man damals noch ein Visum. Für Westeuropa ging es schon locker.
Einzig die USA waren schon damals „vorsichtig".
Es war dies in den späten Siebziger Jahren (des „vorigen Jahrhunderts").

Die „Rennzeit" war natürlich eine schöne, interessante aber auch anstrengende Zeit.
Allerdings die tatsächlichen Renntage mit einem dementsprechendem Flair verbunden.
Wenn sich am Renntag langsam die Tribünen füllen. Die Hektik um sich griff.
Man selbst ist im Fahrerlager, später dann auch in der Box.
Der Lärm der Motoren. Der Geruch des Treibstoffs, der ganz anders riecht, als man es vielleicht von der Tankstelle her gewöhnt ist.
Aber schon der Vortag bzw. besonders der Abend und die Nacht vor einem Rennen ist ein Erlebnis.

Heute fliegen die Formel I Piloten zum Training, „Quali" und Rennen teils mit dem eigenen Jet ein.
In anderen Klassen sind sie im Fahrerlager, um mit dabei zu sein, wenn noch letzte Hand angelegt wird am Wagen.
Es gab dann auch Lagerfeuer, eine teils angespannte, teils relativ gelöste aber in jedem Fall gute und kameradschaftliche Stimmung im Fahrerlager.

Rundum eine Zeit, die ich nicht missen möchte.

***

Geschäftlich ging also alles gut dahin.
Privat leider nicht.
Mit den Kindern war zum Glück alles in Ordnung.

Die Anderen hatten auch ihr Kind bekommen.
Ein Mädchen.
Wir verbrachten viel Zeit zusammen.
D.h. wir vier Erwachsenen und auch mit den Kindern.

Ich hatte zu dieser Zeit auch die Vertretung einer schweizer Uhrenmarke.
Im Zuge der Werbung für dieses Produkt war nicht nur am Wagen sichtbar der Name der Marke lesbar; ich stellte auch bei diversen Auto-Shows aus.
Das heißt Auto, mit Autogramm-Aktionen des Fahrers und natürlich auch wieder das zu bewerbende Uhren-Produkt. Chronograph.

Bei beiden Aktivitäten lernte ich auch viele interessante und im Licht der Öffentlichkeit stehende Leute kennen.
Einer davon war unser wohl bekanntester - noch lebender – Formel I Pilot, der auch auf anderen Sektoren sein Geschick unter Beweis stellte.

Allerdings hat jede Zeit auch ihre ganz speziellen
Seiten .
Sei es auch nur welche zum „Lernen".

So verstrich die Zeit – oder jagte dahin.

Mit der Frau meines Mitarbeiters legte sich mit
der Zeit auch unser starkes Gefühl.
Von ursprünglich sehr emotionalen Begebenhei-
ten; wir schauten darauf, so viel wie möglich zu-
sammen zu sein; bis dann doch – auch durch den
Druck der Ereignisse und der Umgebung – das
Ganze etwas abflaute.
Für unsere Partner war es vermutlich die Hölle.

Doch für mich gab es bald einen Ersatz.

Bei einem Besuch in der Schweiz – mit meiner
Frau uns unseren Wienern (Mitarbeiter und Frau),
erklärte mir mein schweizer Partner unumwunden,
dass er gerne mit meiner Frau schlafen würde.
Er hatte schon einiges mit bekommen; auch die
Tatsache, dass meine Frau ein Intermezzo – aus
„Rache"? mit meinem Mitarbeiter hatte.

In der Schweiz passiert nichts.
Aber der nächste Besuch verlief in die Gegenrich-
tung.
Die Schweizer kamen nach Wien.
Hier passierte es dann.

Mein Mitarbeiter wohnte mit seiner Frau nahe an einem Heurigenort, wohin wir auch mit den Schweizern gingen.

Man muss vielleicht erklären, dass wir oft auch zusammen schliefen.
Entweder bei uns oder in der Wohnung „unseres" Wiener Pärchens.

Nach dem Heurigenbesuch gingen wir also in die Wohnung unserer Wiener Freunde und die Schweizer ebenso.
Die Stimmung war locker und gut.

Es kam die Schlafenszeit und die Frage der Schlafplatzaufteilung.
Im Normalfall hätten meine Frau und ich – wie schon früher – im Schlafzimmer bei unseren Wienern geschlafen.
Aber dieses Mal blieben wir im Wohnzimmer bei den Schweizern.

Ja, und da passierte es dann.

Womit unsere Schweizer offenbar nicht gerechnet hatten; er verliebte sich in meine Frau und seine Frau sich in mich.

Die Beiden hatten schon früher Partnertausch gemacht und waren so etwas an sich gewöhnt.

Allerdings nicht mit solchen Konsequenzen.
Für meine Frau und mich war es etwas leichter.
Wir mochten die Beiden wirklich, waren aber
gefühlsmäßig nicht so stark einbezogen.

Die geschäftlich- und private Beziehung hatte zur
Folge, dass wir uns auch mit den Kindern sahen.
Die Schweizer hatten ihrer drei.
Sie waren etwas älter als unsere und es ging alles
wirklich gut.
Ich verband das Geschäftliche mit dem Privaten.
Für die Familie war es also auch gleichzeitig ein
Urlaub.

Aber auch das ging – wie so vieles Andere – zu
Ende.

***

Die Zeit änderte vieles – natürlich leider nicht nur
zum Besseren. Auch der „Fortschritt" trug sein
Teil dazu bei.

Der Elektronik-Sektor war nicht mehr so lukrativ
wie früher.
Zu viele Anbieter erhofften sich – nach dem sie
festgestellt hatten, dass es hier was zu verdienen
gab – das große Geschäft.
Aber das Sprichwort, dass zu viele Köche den
Brei verderben, bewahrheitete sich auch hier.

Die Preise fielen ins Bodenlose.
Um ins Geschäft zu kommen, wurden alle Preise
immer wieder unterboten, bis es für Keinen mehr
etwas zu verdienen gab.

***

Irgendwann trennte ich mich von meinem Mitarbeiter und auch der Schweizer „Geschäftsbezie-
hung".
Allerdings nicht ohne vorher noch auf privatem
Gebiet einiges loszutreten.

Ich weiß nicht mehr den chronologischen Ablauf
der Dinge.

Die Ehe unserer Wiener Freunde wurde sehr locker.
Ich konnte mich problemlos mit seiner Frau treffen.
Allerdings war unsere Beziehung bei weitem nicht
mehr so gefühlsmäßig betont wie früher.

Ich fing mit einer jungen Angestellten - die bei
mir arbeitete - ein Verhältnis an.
(Allerdings fast mehr auf ihr Bemühen hin).
Das ging einige Zeit so dahin.
Ich fuhr sozusagen mehrgleisig.
Eine verheirate Cousine meiner Frau arbeitet auch
bei mir.

Irgendwann fing auch eine Affäre zwischen uns an.

Außerdem kam die Mutter einer Schulfreundin meiner Kinder öfters zu uns.
Ihr Mann war Fußballer und hatte nicht viel Zeit für sie.
Auch hier fing eine Beziehung an.
Später arbeitete sie auch bei mir und ersetzte übergangslos die Junge.
Diese Frau ließ sich allerdings scheiden und erwartete von mir dasselbe.

Ich hatte bis zu diesem Zeitpunkt ein sehr lockeres Leben.
Zwar noch verheiratet, aber mit unzähligen Affären.
In meiner „schlimmsten" Phase hatte ich sieben Beziehungen nebenbei.

Ich kann nicht mehr genau sagen, wer der Beiden sich zuerst scheiden ließ.
Das Wiener Pärchen oder die befreundete „Mutter".
In jeden Fall flaute die Beziehung zur Exfrau meines Mitarbeiters nach deren Scheidung ab.
Meine Frau bekam es auch langsam satt, dass ich noch immer und auch gefühlsmäßig, nicht nur körperlich, fremdging.

Die „Mutter" rief mich zu jeder Tages- und
Nachtzeit an und wollte, dass ich zu ihr käme.
Oft mit Drohungen des Selbstmordes unterstützt.

Irgendwann stand auch mir die Scheidung ins
Haus.

Den Abend nach der Scheidung verbrachte ich mit
der „Jungen".
Ich hatte trotz erfolgter Scheidung zu meiner Ex-
Frau noch ein relativ gutes Verhältnis.
Sie war zwar auch kein Engel in der Zeit unserer
Ehe; aber vermutlich auch durch meine Eskapa-
den dazu veranlasst.

Die Situation änderte sich, nachdem sie neue Bekannte kennen lernte, die sie stark gegen mich
einnahmen.

Bis zum derzeitigen Zeitpunkt, konnte man drei
Ehen als eliminiert betrachten.
Einige andere, wo ich zu Frauen eine Beziehung
hatte, bestehen heute noch.

Ja. Das war es vorläufig.

VII

So war ich also jetzt auch geschieden und ging eine einige Jahre dauernde Beziehung mit der bekannten „Mutter" ein.

Leider kann ich nicht behaupten, dass diese Beziehung einfach gewesen wäre.
Die Person war ziemlich launenhaft und jähzornig.
Kurz, es war nicht leicht, mit ihr immer gut auszukommen.
Die Verbindung hatte zwar auch ihre schönen Seiten; leider aber auch viele Probleme.
Allerdings hatte sich das ja schon in unserer eher losen Beziehung – als wir noch verheiratet waren, zumindest ich – gezeigt.

Meine Kinder mochten sie auch nur bedingt, da sie sehr darauf schaute, dass die Mädchen immer schick und sauber angezogen waren, was allerdings zur Folge hatte, dass ein Spielen wenn wir unterwegs waren, praktisch nicht drinnen war für die Kids.

***

Für meine Kinder war ich allerdings immer da.

Ich besuchte sie, so oft es ging; aber zumindest alle vierzehn Tage zum - bzw. über - das Wochenende.
Da hatte ich sie meistens bei mir.

Ich merkte oft, dass es für mich nicht einfach war, ständig mit fremden Kindern zusammen zu sein, während ich die eigenen vermisste und nur etwa alle zwei Wochen hatte.

Die Zeit mit dieser Frau ging - wie alles andere vorher auch – auch zu Ende.

Wie schon erwähnt, war es nicht immer ein reines Vergnügen.

Aber es sollte noch schlimmer kommen.

***

Geschäftlich auf einer Achterbahn - mal oben mal unten - war das private einfacher.
Meistens unten.
Ich fand keine Partnerin, bei der ich wirklich von Gefühlen sprechen konnte.
Viele waren mir sympathisch, ich mochte sie; aber verliebt war ich kaum und von Liebe konnte keine Rede sein.

Affären hatte ich genug und Beziehungen auch einige.

Der Unterschied zwischen den beiden besteht für mich, dass die Affären hauptsächlich Bettgeschichten waren; während Beziehungen doch mit etwas mehr an Gefühl verbunden waren oder man sogar zusammen lebte.

Für eine gewisse Zeit.

Ich nehme an, dass in den meisten Fällen ich der Grund war, warum die Beziehungen scheiterten.

Ohne besonderes Gefühl meinerseits, war es nach einer gewissen Zeit zu Ende.

Schon deshalb, weil mir eigentlich um die Zeit leid war.

Außerdem ist immer ein gewisses Maß an Schauspielerei nötig gewesen.

Auf Dauer ist das sehr ermüdend.

Ich habe zwar nie zu einer Frau gesagt, dass ich sie gerne habe, wenn es nicht gestimmt hat - was ja meistens nicht der Fall war - und von Liebe konnte sowieso keine Rede sein.

Sicher ist das auch für eine Frau nicht leicht; die meisten wollen doch angehimmelt, begehrt und geliebt werden.

Ich war mit dieser Frau - nennen wir sie IB – doch einige Jahre zusammen.

Allerdings wurde diese Zeit mit einer anderen Beziehung überboten.

Ich lernte eine Frau mit Kind - wieder einmal ein Mädchen - kennen und bald darauf wohnten wir zusammen.

Etwa eine Woche nach diesem Kennen lernen, machte ich die Bekanntschaft einer anderen Frau. Ebenfalls mit Tochter.

Störend bei dieser Bekanntschaft war allerdings, dass obwohl selbst Mutter, sie eigentlich keine Kinder wollte und schon gar nicht Hunde.
Ich hatte deren Zwei. Zwar klein aber eben Hund.

Meine Frau und ich hatten schon unseren ersten Hund vor dem ersten Kind.
Wir liebten Tiere.

Wie schon erwähnt, diese nicht.
Obwohl mir diese Bekannte vermutlich lieber gewesen wäre, vermieste mir doch die Ablehnung von den beiden in meinem Leben wichtigen Arten von Geschöpfen, die Beziehung.

Ich lebte also mit der anderen zusammen und behielt die Kinder- und Hundeverweigerin als Affäre.

So ging das zumindest eine zeitlang.
Bis die Beste dahinter kam, dass es da noch wen anderen gab.
Mit dem Spürsinn eine Sherlock Holmes und den Mitteln eines James Bond kam die Wahrheit ans Licht und ein fürchterlicher Krach in mein Leben.

Nachdem sie sich an die Tatsache erst einmal gewöhnt hatte, bestand allerdings auch weiterhin eine Beziehung zwischen uns.

Eine junge Frau lernte ich nebenbei kennen; allerdings konnte ich mit ihr keine Beziehung eingehen, da ich zeitmäßig sozusagen verplant war.
Außerdem standen meine Aktien bei unserem Kennen Lernen nicht so hoch.
Das entwickelte sich erst mit der Zeit; aber da war es dann eigentlich zu spät – zumindest für eine Beziehung mit zusammen Wohnen usw.

Ich will versuchen, des besseren Verständnisses wegen, auch hier die Personen zumindest ansatzweise zu benennen.
Die blonde Ex/Frau meines Mitarbeiters - MG.
Die Junge - MH; die „Mutter" - IB; die im vorigen genannten – Frau mit Hund und Kind, mit der ich jetzt zusammen lebte - MP; die Kinder und Hunde-Verweigerin GH; die Junge mit-ohne Beziehung SJ.

Ich war also mit MP zusammen und verbrachte auch einiges an Zeit mit GH.

SJ lief faktisch nebenbei.

Allerdings hatten sowohl MP als auch SJ auch selbst einen Hund.

***

Die Beziehung mit MP war immer wieder mit Problemen behaftet.

Sie hatte eine Tochter und einen Hund – wie schon erwähnt; eine große Verwandtschaft und eine große Vorliebe für Alkohol.

Ich erlebte sie leider sehr oft betrunken.

Meine Eltern verstanden sich mit meiner Frau und auch deren Eltern sehr gut.

Leider konnte man das von keiner der nachfolgenden Beziehungen/Frauen behaupten.

Einzig GH und SJ verstanden sich mit meiner Mutter.

Mit meinem Vater bestand nicht mehr viel Möglichkeit des Verstehens, weil er leider bald starb.

Allerdings mochte MP ihn leidlich; jedenfalls mehr als meine Mutter.

Mein Vater kam irgendwann ins Spital.

Meine Mutter und ich fuhren – wie meistens – ihn zu besuchen.
Schon auf der Fahrt ins Spital erfuhren wir, dass mein Vater verstorben sei.

Wir waren vom Garten aus losgefahren und MP war dort geblieben.
Als ich zurückkam, war MP wieder einmal schwer betrunken.
Das Einzige, was ihr zur Angelegenheit, dass mein Vater gestorben war, einfiel, war, ich hätte ein falsches Brot mitgebracht.
Beim Begräbnis war sie nicht.
Wofür ihre Bekannten angeblich Verständnis gehabt hätten.
Keine Ahnung, was sie ihnen erzählt hatte.

Ich ging mit der Frau auseinander.

Wie schon früher bei IB erlebt, bombardierte auch sie mich mit Anrufen.
Natürlich auch nächtens.

Wir versuchten es nochmals.

Ein Fehler und eine verlorene Zeit.
Wir waren insgesamt fast acht Jahre zusammen.
Eine ehemalige Freundin ihres Bruders - sie hatte drei Brüder und zwei Schwestern – wobei diese

auch ein Kind mit ihrem Bruder hatte, traf ich vor einiger Zeit.
Glücklich mit jemand anderen verheiratet, meinte sie, dass man das nicht so eng sehen dürfe.
Die Zeit war zumindest für eines gut – zum Lernen.

Der Bruder von MP, dem dieses galt war auch ein eigener Typ.
Vom Wuchs nichts groß, aber nach Alkoholgenuss immer auf Streit aus.
Bei einer Körpergröße von etwa 165 bis max. 170ca wuchs er sich auf mindestens 195 cm aus.
Er hatte aber auch meistens das Glück, trotz ewiger „Stänkereien" nie wirklich eine drauf zu bekommen.

Ich machte ihm einmal das Angebot, wenn er Probleme hätte, könnte er mich immer anrufen.
Auch nachts.

Das tat er auch.
Er wollte sich umbringen.
Während MP schlief, fuhr ich zu ihm, in der Hoffnung, ihn auf gescheitere Gedanken zu bringen.
Seine Lebensgefährtin war unterwegs und er mit seiner bzw. der gemeinsamen Tochter zu hause.

Er war betrunken und wir redeten.

Soweit das möglich war.

Er war der Meinung, dass ihn seine Freundin
betrügen würde und deshalb wollte er sich das
Leben nehmen.

Hier in der Wohnung.

Er hatte plötzlich ein Messer in der Hand und
setzte es wie zu Harakiri an.

Sie sollte ihn in seinem Blut liegen sehen, wenn
sie nach hause kommt.

Meine Überlegung, die ich ihm auch mitteilte,
dass ihn seine Tochter eher als die Mutter - also
seine Lebensgefährtin - finden würde, tat er ab.

Es standen einige leere Flaschen herum und es
wäre mir vermutlich ein leichtes gewesen, ihm
eine über den Schädel zu ziehen.

Leider bin ich was das betrifft etwas ungeübt.

Wie stark sollte ich zuschlagen?

Schlug ich zu schwach, würde er vielleicht mit
dem Messer auf mich losgehen; schlug ich zu fest,
war`s das möglicherweise.

Als Belohnung für angebotene Hilfeleistung eine
Totschlagsklage!?

Danke.

Eine blöde Situation.

Ich entschloss mich also nichts dergleichen zu tun.

Ich sagte ihm, dass ich jetzt gehen würde, weil ich
mir diesen Scheiß nicht länger ansehen möchte.

Gesagt, getan.
Ich verließ die Wohnung mit dem alten Trick des
Türe Zuschlagens und wieder Öffnens; lehnte die
Türe dann nur an und ging telefonieren.
Eine rief andere Schwester von ihm an, die dann
auch mit ihrem Mann kam.
Als wir die Wohnung wieder betraten schlief die-
ser Armleuchter zusammengerollt am Boden.
Das Messer noch in der Hand.

Ich fuhr nach hause, wo MP noch immer friedlich
schlief.
Vielleicht hatte sie auch schon wieder zu viel ge-
trunken.

***

Ich kam erst nach Jahren darauf, dass MP wirklich
Probleme mit Alkohol hatte.
Flaschen in der Schmutzwäsche.
Eine am Vortag gekaufte Flasche Cognac halb-
leer.
Bei einem Gespräch erzählte sie mir dann, dass sie
schon früher Probleme mit Alkohol gehabt hätte.
Sie sagte mir allerdings auch zu, einen Entzug zu
machen.
Es ist nie dazu gekommen.

Meiner Mutter ging es zu diesem Zeitpunkt immer
schlechter. Sie baute geistig stark ab.

Nach dem Tod meines Vaters hatte das begonnen.
Erst langsam, dann immer schneller werdend.

Die Beziehung zu MP ging zu Ende.
Leider auch bald das Leben meiner Mutter.

Beim Begräbnis waren auch GH und SJ.
Beide in der Zwischenzeit zu wirklichen Freundinnen von mir „mutiert".

***

Ich hatte noch immer einen Hund.
Da ich viel unterwegs war, kam er meistens mit mir.

Meine Frau und ich hatten, wie schon erwähnt, auch immer Hunde.
Einen Wurf ebenso.
Obwohl wir bei einer Läufigkeit einen der Beiden zu meinen Eltern gaben, passierte es während eines kurzen Besuches.
Das Ergebnis waren fünf putzige Welpen.

Einen wollten wir behalten.
Allerdings hatten wir uns für einen Bestimmten entschieden.
Dann passierte es, dass der Fuß eines Welpen eingezwickt wurde und er ganz fürchterlich schrie;
also gaben wir ihn nicht her und behielten den.

Es war der Kleinste des Wurfes.
(Die Verletzung war nicht nachhaltig).

Beim Wurf war ein Weibchen und vier Rüden.
Leider wurde es nicht alt.
Obwohl wir darauf geachtet hatten, wer einen
Jungen bekommt, hatten wir keinen guten Griff
bei der Wahl des neuen Herrls bzw. Frauerls.

Obwohl eine intelligenter Mensch, Japaner und
Chef einer großen Firma bzw. der Zweiniederlas-
sung in Österreich; verbockte er, was nur möglich
war.
Wir nahmen das Weibchen wieder zurück.
Ein Bekannter wollte es unbedingt haben.
Seine Frau und seine Kinder seien total verliebt in
das Wollknäuel.
Er hat das Junge aber nach zwei Wochen seiner
Mutter gegeben, welche nicht aufpasste und das
Hundemädchen wurde überfahren und starb.
Es wurde ein Jahr alt und hatte schon zwei Besit-
zer – ohne uns mitzurechnen.
Sie hätte sich – wie wahrscheinlich viele Andere –
etwas Besseres verdient.

***

Ich war also wieder einmal solo.

Heute tut es mir eigentlich leid, dass ich meinen Eltern nicht eine Partnerin vorstellen konnte, die ich liebte und die auch ihnen zugesagt hätte.
Dazu hätte es nicht viel bedurft.
Jemanden, der auch ihnen gezeigt hätte, dass er sie mochte.

Meine Beziehung zu meinen Kindern war besonders bei einem auch nicht immer ungetrübt.
Bei der älteren Tochter zeigten sich Probleme durch die Scheidung und sie wollte oft nicht mit zu meinen jeweiligen Partnerinnen.
Wobei ich festhalten muss, dass ich erst nach längerem Zusammensein mit einer Frau, auch meine Kinder mit dieser konfrontierte.

Ich begann wieder mehr Affären und Beziehungen.
Allerdings letztgenannte nur meistens von kurzer Dauer.

***

Bei mir machte sich eine immer stärker werdende Unlust bemerkbar.
Die ganzen oberflächlichen Affären und/oder Beziehungen ödeten mich an.

Sex ist schön und sollte sein; aber auf Dauer war mir das allein nicht mehr genug.

Immer ohne Gefühle bei der Sache war irgendwann nicht mehr erfüllend.

Ich hätte gerne eine Partnerin gehabt, bei der ich sagen konnte, dass es auch von meiner Seite tiefere Gefühle gab.
Es gab einige Frauen, die Hunde nicht mochten.
Ich weigerte mich aber meine Hunde, oder später auch nur den verbliebenen, weg zu geben.
Ich war der sicheren Meinung, dass keine dieser Beziehungen so etwas verdienen würde.
Außerdem wäre es auch ein Verrat an meinen vierbeinigen Gefährten vorgekommen.
Zusätzlich wäre ich in genau die Situation gekommen, die ich bei allen anderen „Tierweggebern" ohne triftigen Grund, verurteile.
Zu meinen vierbeinigen Gefährten hatte ich eine innigere Beziehung als zu den meisten Frauen.
Die sind verlässlich und enttäuschen einen nicht.
Außerdem hat keine Beziehung zu einer Frau auch nur annähernd so lange gehalten, wie ein Hundeleben lang war.

Es gab sicher einige Frauen, die für mich Gefühle hatten.
Wie stark weiß ich natürlich nicht.
Es tat sich zumindest keine etwas an, nachdem wir uns getrennt hatten.

Aber wie schon erwähnt, konnte ich für diese Personen trotzdem keine wirklichen Gefühle entwickeln.
So etwas kann man klarerweise nicht erzwingen.

Waren meine Ansprüche zu hoch, oder war ich unfähig für tiefere Gefühle!?
Ich kam immer mehr zu der Ansicht, dass mir offenbar keine wirkliche Beziehung - zumindest wie ich sie mir vorstellte und erwünschte - vergönnt sei, bei der zumindest beiderseitige Harmonie vorhanden war.

Auch hatte ich nicht immer eine glückliche Hand was Frauen oder etwaige Partnerinnen betraf.

Es gab immer wieder welche, die entweder schon von Geburt an, oder wenn nicht das, dann durch eine vergangene Beziehung geschädigt waren.

Das wirkte sich aber auch auf mich aus.
Die Alkoholikerin hinterließ einen sehr nachhaltigen negativen Eindruck bei mir; welcher u.a. zur Folge hatte, dass sobald eine Frau etwas mehr trank oder auch alkoholisches in sich schnell hineinschüttete, ich schon die ärgsten Befürchtungen hegte und alleine deswegen dieser Beziehung schon mit einer Aversion gegenüberstand.

In jedem Fall verging mir eben mit der Zeit auch die Lust an nur oberflächlichen Verbindungen.
Nur um seine Lust zu stillen, Dinge in Kauf zu nehmen, die einem wirklich gegen den Strich gingen, war nicht meines.
Apropos Strich; das war auch nicht, was ich wollte und mir – sei es auch nur zu diesem Zweck – vorstellte.

Es wurde also still auf diesem Sektor.
Was mir früher Spaß machte und ich in Mengen genoss, verlockte mich jetzt kaum noch.

Ich war beziehungsgeschädigt.

VIII

Früher war ich oft geschäftlich unterwegs.
Wie schon erwähnt, auch weit der Heimat.
Sei es alleine, mit Frau, später mit einer Partnerin,
aber auch privat – Urlaub eben.

Meine Frau hatte sich nie viel aus Reisen gemacht.
Sie hatte immer Heimweh.
Nach der Geburt unserer Kinder war das besonders schlimm.
Nur wenn wir die Kinder mit hatten – wie z.B. in
die Schweiz – fiel es ihr leichter.

Mir machte es natürlich dadurch auch nicht besonderen Spaß.
Gewisse Dinge erlebt man eben gerne auch mit
einem Partner.
Der sollte natürlich auch Gefallen an dem Ganzen
finden und nicht nur „gezwungener" Massen mit
sein.
Außerdem – wie schon oft erwähnt – ohne Gefühle ist natürlich auch einer Partnerschaft nichts
wirklich Schönes.

Wie schon erwähnt, hatte ich eine Unzahl von
Affären; auch genug Beziehungen.
Manche davon nur einige Wochen, andere doch
Monate.

Wirklich lange dauerte es nur bei IB und MP – die Ehe nicht eingerechnet.

Die Verbindung zu GH und auch SJ konnte man nicht als Beziehung betrachten, da ein Zusammenleben nie stattgefunden hat.

Im Übrigen bekam auch SJ ein Kind; eine Tochter.
Bis auf Eine, die eine ältere Tochter und jüngeren Sohn hatte, waren meine sämtlichen Bekanntschaften mit Töchtern versehen.

Ich hatte aber zu den Kindern – im Alter vom 3 bis 17 Jahren – immer eine gute Beziehung.
Teilweise verstand ich mich mit ihnen besser als mit den Müttern.
Das aber nicht missverstehen.
Die Beziehungen waren zwischen väterlicher Freund und teilweise Vaterersatz bis Beichtvater und natürlich nicht anderes.
Da ich schon immer mit Musik, Filmen und auch bei Lokalen gut auskannte, wurde ich oft in Gespräche mit der „Jugend" einbezogen bzw. um Rat gefragt.

Zur Tochter von MP, die inzwischen schon lange verheiratet ist und zwei Kinder/Söhne hat, bin ich bei einem der Taufpate und verstehe mich auch mit ihrem Mann gut.

Die Tochter von SJ, die von den verbliebenen die Jüngste ist, mag mich auch leidlich; umgekehrt war das nicht ganz so.

Sie hatte ihre Mutter, die sich bemühte dem Kind alles zu geben und den sich nicht kümmernden Vater zu verschmerzen, oft und oft aufs Schlimmste geärgert und beleidigt.

Und SJ tat nichts.

Aus Angst, die Tochter könnte sie vielleicht hassen, wenn sie zu streng wäre oder aus anderen Gründen; sie ließ ihr fast alles durchgehen.

Im Alter von 14/15 Jahren bekam sie für diese Fehler die Rechnung.

Das war übrigens bis vor kurzem.

***

Zu meinen Freunden von früher, habe ich leider keinen Kontakt mehr.

Wir sahen uns noch einige Male bei späten Klassentreffen, aber das war es dann auch.

Mit J fehlte überhaupt jeder Kontakt.

P und seine Frau hatten sich – zumindest von uns – zurückgezogen, möglicherweise nach der Geburt ihres Kindes, welches mit „Schaden" zur Welt gekommen war.

R war über lange Jahre weiter mein Freund.

Dann passierten allerdings einige Dinge, die auch diese Freundschaft abwürgten.

Eines war, dass R bis über 40 „Jungfrau" war.
Nach dem Tod seines Vaters, war er fast immer
mit seiner Mutter und deren Freundinnen zusam-
men.
Irgendwann rief er mich an um mir die Neuigkeit
zu berichten.
Er meinte, ich würde „sie" kennen.
Nach kurzer Überlegung, sagte ich ihm, wer es ist
und es stimmte.
So schwer war das auch nicht.
Ich hatte sie Kennen gelernt, bei meinen oftmali-
gen oder ständigen Besuchen und Touren in der
Innenstadt.
Sie arbeitete in einem Lokal und – ohne jetzt
falsch verstanden zu werden – machte auch bei
mir schon einen vagen Versuch, anlässlich eines
Besuches mit einem Freund ebendort.
Ich hatte keinerlei Interesse; bestenfalls zum Re-
den.
Auch einige weibliche Bekannte, die sie wie ich
kannten, vertraten die Meinung, sie sei eine „Un-
frau".
Nichts wirklich Frauliches; nicht sexy, nichts An-
ziehendes.
Für meinen Freund war das anders.
Seine Mutter war in der Zwischenzeit auch gestorben und ihm blieb nur mein sein Hund, der
aber auch von ihm ging.
Er war allein und wie er selbst sagte, alkoholge-
fährdet.

Eine leichte Beute.
Sie kam auch etwas auf seine Mutter hinaus.
Auch optisch.
War einige Jahre älter als er und machte ihn endlich zum Mann.
Es war natürlich nicht schwer jemanden zu beeindrucken, der in diesem Alter noch mit keinen Erfahrungen aufwarten konnte.
Sie ergriff auch gleich die Zügel und es wurde gemacht, was sie wollte.
Inklusive der Trennung von seinen alten Freunden und Kameraden.
Naja, was solls. Ich weiß nicht, ob er immer noch glücklich ist; ich wünsch es ihm aber.

P hatte ich vor einigen Jahren das letzte Mal getroffen.
Ich war mit dem Wagen unterwegs und sah meine Ex mit einem Mann stehen und reden.
Während ich vorbeifuhr, ging mein Telefon und sie sagte mir, dass das P sei.
Also fuhr ich zurück und wir unterhielten uns dann eine ganze Weile.
Zum Abschied gab ich ihm noch meine Karte und wir verblieben so, dass er sich melden würde.
Er hat es nicht getan.

***

So sah es also mit mir und den Frauen aus.

Solo, mit einigen „Freundinnen" im Kontakt, mit GH in teilweise engerem; auch mit ihrer Tochter. Einige Affären am Laufen, aber weit entfernt von glücklich; nicht einmal zufrieden.

Geschäftlich war wieder einmal eine Zeit der „Hochs".

Immerhin.

Wenigstens das.

Von der Tatsache, dass sich mein Leben bald ändern würde, hatte ich vorerst keine Ahnung.

IX

Eines Tages rief mich ein Bekannter an, fragte, ob
wir uns treffen könnten.
Ein langjähriger Freund, mit dem ich schon vieles
erlebt hatte; auch immer wieder Bekannte von ihm
kennen lernte.
(Er ist bei einem großen Hunde-Club eine wichti-
ge Person).
Meisten sind diese Leute zwar nett, aber die allein
stehenden Frauen haben sicher – teilweise offen-
sichtliche Gründe für ihren Status.
Dieser Freund hatte auch eine Lebensgefährtin –
seit Jahrzehnten.
Keine Ahnung, warum sie nie geheiratet haben.
Sie kannten auch beide meine Ex-Frau; wir hatten
früher viel zusammen unternommen.
Allerdings hatten sie auch vieles von meinen späteren Beziehungen mitbekommen und auch einige
meiner weiblichen Bekannten kennen gelernt.

Er hatte also wieder einmal jemanden im
„Schlepptau".

Mein Erstaunen war aber gewaltig, als ich feststel-
len musste, dass es sich um eine relativ junge
Deutsche handelte, die bei meinen Freunden auf
Besuch war.

Sie hatten ihr bis dahin die Stadt und einige deren Sehenswürdigkeiten gezeigt.
Er hatte ihr auch gesagt, dass sie einen Freund von ihm treffen würden, der recht nett ist. (Er hat zeitweise – oder oft – eine absolut uncharmante Art).
Wir trafen uns also, gingen etwas spazieren und landeten dann in einem netten Pub.
Sie war eine wirklich nette, freundliche und absolut nicht auf den Mund gefallene Person.

Später trafen wir uns auch noch mit seiner „Frau".
Essen stand noch auf dem Programm.
Allerdings in einem weit entfernten Lokal.
Ich hatte noch etwas von; außerdem wartete mein Hund auf mich.

Also verabschiedete ich mich.
Bildete ich es mir nur ein, oder war eine Enttäuschung auf ihrem Gesicht zu erkennen?

Sie lebte in Scheidung und erklärte, dass sie in einem Jahr wieder nach Wien käme. Mit ihrer Mutter, die meine Freunde auch kannten.
Falls ich nach Deutschland kommen sollte, spräche nichts gegen einen Besuch.

Es war ihr letzter Tag in Wien und nächsten Tag flog sie wieder heim.

Ich hatte von ihrem Wohnort noch nie gehört.
Außerdem dürfte er weit weg sein.

Das war also die Situation.
Es war Donnerstag abends und nach der Verab-
schiedung ärgerte ich mich – über mich.
War das wirklich so wichtig, was ich vorhatte,
bzw. nicht eine Stunde später zu erledigen?

Ich fasste den Entschluss, nächsten Tag auf den
Flughafen zu fahren und sie dort event. zu überra-
schen.
Der Flug ging relativ zeitig und ich kam nicht hin.
War es mir zu zeitig; hatte ich etwas zu tun?!
In jedem Fall hatte ich die Möglichkeit vertan.

Andererseits – was sollte das denn bringen.
O.k. – ich hätte sie also noch einmal gesehen;
und?

Trotz allem ließ mir die Sache keine Ruhe.

Ich erfragte ihre Telefonnummer – die meine Bekannten mir nach Rücksprache mit ihr gaben –
und versuchte mein Glück.
Allerdings erst am Montag.

Sie zeigte sich erfreut und bestätigte mir auch
meine Vermutung, den Abschied betreffend.

Ja, sie war enttäuscht über meine schnelle Trennung. Ich war ihr sympathisch und sie hätte sich über ein gemeinsames Essen und auf ein etwas längeres Zusammensein gefreut.

(Später erzählte sie mir noch, dass sie sich vorgenommen hatte, mich irgendwie zu küssen, ohne, dass es unsere gemeinsamen Bekannten mitbekommen hätten).

Ja. Das war`s vorerst.

Wir telefonierten zeitweise und mailten auch.
Auch das SMS kam zur Verwendung.

Anfänglich eher zeitweise und kurz, später öfter und länger waren besonders die Telefonate.

Wir lernten uns am Telefon kennen; wie sonst vermutlich nicht.
Kein Thema wurde ausgespart.
Die Sympathie wuchs und vermutlich noch etwas mehr.
Wir kamen uns so nahe, wie wahrscheinlich keiner von uns gedacht hätte.
Auch sexuelle Themen wurden erörtert.

Irgendwann hatte ich einen ziemlich schweren Unfall. Eine Folge desselben, war u.a. ein Schulterbruch.

Ich war ziemlich gehandycapt und teilte ihr das auch mit.

Ich muss zu meiner Person auch noch berichten, dass ich ein Freak, u.a. Weihnachtsmärkte betreffend, bin.
Da das Fest selbst ja sehr schnell vorbei ist, tanke ich bei jeder sich bietenden Gelegenheit Stimmung.

Wir sprachen auch darüber und sie bedauerte, nicht in Wien zu sein.
Wäre schön, wenn wir das gemeinsam erleben könnten.

In Wien war sie und lernten wir uns Kennen – im Oktober.
Mein Unfall passierte im November.

Es wurde vereinbart, dass sie über Silvester nach Wien kommen würde.
Weihnachten hätte sie ihre Kinder, Silvester wären sie beim Vater.

Sie kam aber nicht Silvester; sie kam schon Mitte Dezember.
Ich saß gerade im Krankenhaus für eine Untersuchung, als ich den Anruf bekam.
Sie hält es nicht mehr aus und käme heute noch mit dem Flugzeug.

Ich wäre vor Schreck fast vom Stuhl gefallen.
Es ist doch ein Unterschied, am Telefon über was
auch immer zu plaudern; aber hunderte Kilometer
zwischen sich zu haben und Situation Des sich
Sehens, Treffens, Beisammen sein.

Also fuhr ich am Abend auf den Flughafen und
erwartete sie.

Irgendwie hatten wir uns vermutlich etwas anders
in Erinnerung.
Wie sich zeigte, waren wir in dieser Situation
nicht so wirklich von einander begeistert.
Aber das gab sich mit der Zeit etwas.
Unsere Telefonate hatten ein inniges Gefühl er-
zeugt und das setzte sich doch durch.

Wir besuchten einige Weihnachtsmärkte und sie
lernte auch – nach Absprache – einige Bekannte
von mir kennen.
Aus dieser Zeit gibt es das vermutlich beste Foto
von uns Beiden.
Ein Bekannter hatte es mit meiner Kamera spon-
tan gemacht.
Sie blieb übers Wochenende und dann ging`s wie-
der retour.
Zwar mit der Sicherheit, dass wir uns vor Silvester
wieder sehen würden – das war ausgemacht – aber
dannach?

Die Stimmung war also beim Abschied nicht überwältigend.

Aber schon bald kam ein Anruf, dass eigentlich – auch von ihrer Seite – alles in Ordnung wäre und sie freue sich auf's Wiedersehen.

Meine Telefonrechnungen waren enorm.
Ich führte meine Gespräche alle vom Handy aus und das zwei bis drei Stunden täglich.

Bei einem unserer Telefonate wurde auch Urlaub angesprochen.
Ich erklärte, dass ich möglicherweise einen etwas ausgefallenen Geschmack hätte, weil ich mit nichts aus heißen Gegenden machte (die hatte ich früher oft genug genossen) und lieber nach Schottland oder Irland fahren würde als an einen Palmenstrand.
Die Überraschung war groß, als sie dieselben Vorlieben bekundete.

Silvester und die Tage danach gingen schön aber schnell vorbei.
Wir verbrachten den Jahreswechsel mit Freunden und sie wurde gut aufgenommen.
(Vielleicht sollte ich sagen, dass sie zwanzig Jahre jünger war als ich. Allerdings muss ich ganz unbescheiden festhalten, dass mich alle Welt für jünger hält).

Wieder ein Abschied.
Beim nächsten Treffen sollte – oder musste – ich
zu ihr kommen.
Sie brannte u.a. darauf, mir auch ihr Leben, ihre
Umgebung, ihre Freunde zu zeigen.
Bei ihrer Familie und ihren Kindern war sie noch
vorsichtig.
Kinder hatte sie zwei – Buben.
Alter 11 und 13 Jahre.

***

So. das war es also.
Früher war ich gerne unterwegs, aber das hatte
sich auch gegeben.
Vor allem in einem Fall wie diesen. Ich wollte
und musste meinen Hund mitnehmen.
Also kam nur eine Fahrt mit dem Wagen in Frage.
Allerdings – Neunhundert(!) Kilometer.
Alleine ist das kein Honiglecken.

Kurzfristig überlegte ich, „nicht zu Können"; aber
das war`s nicht.

X

Ich begab mich also auf die Fahrt.
Ob ich beim ersten Mal schon mit sieben Stunden
durchkam, weiß ich nicht mehr.
An der Grenze Tanken und kurze Rast – „Gassi",
in Deutschland noch einmal.
Dann war ich am Ziel.
Es war später Nachmittag und im Zielort verfuhr
ich mich.
Aber das war kein unüberwindliches Problem.
Wir fanden uns und es wurden einige schöne Ta-
ge.
Sie/MK hatte auch einen kleinen Hund.
Auch ihr „Domizil" war durchaus in Ordnung.
Ich bin mir nicht mehr sicher, ob ich schon beim
ersten Mal die Kinder kennen lernte.
Sehr wohl einige Bekannte und ihren Geschäfts-
partner.

In jedem Fall ging es nach einem verlängerten
Wochenende wieder heimwärts.

Der nächste Besuch fiel wieder ihr zu.

So ging es eine Weile dahin.
Sie kam mit dem Flugzeug; ich fuhr mit dem Auto.
Immer de facto für eine verlängertes Wochenende
d.h. zwischen 3-5 Tagen.

Es spielte sich so ein, dass wir uns alle zwei Wochen sahen.
Eine Fernbeziehung, aber aushaltbar.

***

Der Urlaub wurde gebucht; etwas, gegen das ich mich in den meisten meiner früheren „Beziehungen" wehrte, da ich der Meinung war, man solle oder könne nicht soweit – immerhin einige Monate – voraus planen. Es war ja ungewiss, ob die Beziehung dann noch besteht.

Ich lernte auch ihre Kinder kennen und kam gut mit ihnen aus.

Leider ereignete sich einige Zeit vor dem Urlaub noch etwas Unangenehmes – gelinde ausgedrückt. Mein Hund war nicht mehr der jüngste und hatte aufgrund eines Defektes mit dem Herzen Wasser im Leib.
Trotz Behandlungen, wurde die Situation schlechter; so sah ich mich gezwungen, wieder einmal von einem Freund Abschied zu nehmen.
Für mich ist das immer eine schlimme Sache.
Ich liebte alle meine Tiere und den letzten Gang trat ich immer gemeinsam mit meinen „Partnern" an; d.h. ich blieb bis zum endgültigen Aus bei Ihnen und redete bzw. streichelte sie.

So auch diesmal. Ich blieb bis zum bitteren Ende bei ihm, in der Hoffnung, dass er das spüren würde und so relativ gut „hinüberkam".

Jeder Hunde- oder Tierbesitzer, dem etwas an seinem Tier liegt, wird wissen, wie man sich in so einer Lage fühlt.

Dann kam die Zeit des Urlaubs.
Ich fuhr ein oder zwei Tage vor unserer gemeinsamen Abfahrt los.
Wie erinnerlich neunhundert km (7 Stunden), diesmal eben ohne Begleiter.

***

Ja; und dann ging es los.
Mit Freundin, Kindern und jeder Menge Gepäck.
Wir hatten auch Lebensmittel für die geplante Bootstour, die eine Woche dauern würde.

Über Holland – von unserem deutschen Abfahrtsort fast nur ein Sprung – nach Amsterdam.

Die Fähre ging erst gegen Abend und wir hatten noch Zeit.
Allerdings ist es ratsam, nicht zu spät dran zu sein, weil es so wie fast überall ist; die ersten bekamen bessere Parkplätze am Schiff.

Die Fähre war ein Riesending (es verkehren zu anderen Destinationen oft wesentlich kleinere), mit allem, was man sich nur wünschen und vorstellen kann.
Von div. Restaurant über Bars, Shops, Kinos, Spielclub, Tanz; separat auch Unterhaltung für die Kinder; u.s.w.
Ein umfangreiches Angebot für insgesamt etwa 14 Stunden Fahrtzeit.

***

Bei unserer Ankunft in New Castle regnete es. Jeder, der schon einmal in England selbst mit dem Auto unterwegs war, wird wissen, dass der Linksverkehr anfangs einige Probleme machen kann. Namentlich, wenn man sich nicht auskennt, nach einer Karte fährt und nicht immer sofort die richtigen Abfahrten, etc. findet.
Linksverkehr, englisch und sonst auch vieles anders, das schlaucht schon etwas.

Das Tanken ist auch nicht gerade günstig.
In Deutschland kostet der Liter Benzin etwa 15-20 Cent mehr als in Österreich; in England kostet er ein engl. Pfund, welches einen Gegenwert von 1,45 € hat.
An unseren Preisen gemessen – Ö ca. € 1,15-1,20; in Deutschland ca. € 1,30-1,35; in England 1 engl.Pfund – also € 1,45 per Liter Benzin.

Außerdem gibt es nur zwei Arten Sprit.
Benzin und Diesel.
Kein Normalbenzin, Super und Super plus.
Also heftig.

Es ging nordwärts.
Wir hatten das Glück, einen schönen Grenzüber-
gang nach Schottland zu passieren.
D.h. mit Dudelsackspieler = „Piper"; mit großem
Grenzstein, auf dem Schottland steht und viel fo-
tografiert; natürlich auch von uns.
Da ist mir zum ersten Mal die Menge an japani-
schen Touristen aufgefallen.

Dann ging es weiter, an wunderschönen Seen vor-
bei, die in ebensolcher Umgebung lagen.
Besonders in höheren Lagen ist das Gras fast wie
Moos; weich, kuschelig, wie ein riesiger Teppich.

Die erste Nacht verbrachten wir in einem B&B.
Bed and Breakfest, das sind meistens normale
Häuser, mit einem oder mehreren Fremdenzim-
mern; wo es auch ein - allerdings in der Regel
sehr ausgiebiges - Frühstück gab.

Weiter ging es.
Wir hatten - bzw. sie hatte – darauf geschaut,
dass wir zu Highland-Games kommen.
Welches uns in Invergarry gelang.

Allerdings doch etwas enttäuschend, das Ganze.
Im Grunde eine Art Sportfest mit Folklore-
Charakter.
Natürlich waren die Gerätschaften anders. Und die
Bekleidung, obwohl bei weitem nicht alle Männer
Kilts trugen.
Musik selbstverständlich schottisch, ebenso wie
die Tänze.
Trotz allem; wir hatten uns eigentlich etwas mehr
oder anderes erwartet.
Auf Reklamen bzw. in Werbungen dafür sieht das
alles viel gewaltiger aus.
Aber vielleicht gibt es ja in größeren Städten auch
größere Games.

Bei unserer Weiterfahrt kamen wir an einem
schön-romantischen See vorbei; mit Anlegestelle
für Boote – allerdings nicht stark frequentiert –
und einem neben der Straße gelegenen Haus, welches ein kleines Warenhaus war; zwar nicht sehr
groß, aber mit dem meisten, dass man zum le-
bensnotwendigen Bedarf benötigt.
Natürlich auch Souvenirs.
Von außen merkte man auch nicht, wie geräumig
das Innere war.
An Geschäften ist das Land eher schwach be-
stückt.

Fort Augustus; eine nette Kleinstadt mit endlich
einem Bankomaten – im kleinen Kaufhaus gab es

zwar eine Cash-Machine, aber nur für eine Art von Kreditkarte und das war eine heimische.
Touristenmagnet war eine Schleusenanlage mit 7 Kammern.
Auch wir sahen interessiert zu, nicht ahnend, dass wir schon selbst bald zum beschauten Objekt würden.

Dann ging es auch schon am Loch Ness entlang – zumindest einige Meilen.
Auf unserer Route waren eigentlich keine großen Städte; die „Schnellstraßen" für unsere Begriffe schmal, d.h. eine knappe Fahrspur(!) in jeder Richtung.
Wieder eine Nächtigung in einem B&B.
Wir hatten diese Dinge nicht gebucht, sodass wir immer gezwungen waren, uns neue Häuser zu suchen.

Wir besuchten auch die „Nessie"-Ausstellung, d.h. Loch-Ness-Exhibition in Drumnadrochit.
Da wurde man schon darauf vorbereitet, dass es die allgemein bekannte Nessie gar nicht gab.
Bei unzähligen Forschungen und Suchen, kein einziger Beweis.
Zwar gibt es unzählige Berichte und auch Fotos, aber die sind nicht wirklich überzeugend.
Neben der Ausstellung schwimmt „Nessie" allerdings in einem kleinen Teich in Plastikausführung.

Einmal ging es mit einem kleinen Motorboot aufs Meer hinaus.

Delfin-Schauen.

Der Bootsführer „bretterte" mit uns dahin, dass an ein Filmen oder Fotografieren nicht zu denken war. Man hatte alle Hände voll zu tun, nicht über Bord zu gehen.

Dann hatten wir anscheinend unser Ziel erreicht. Wir trieben nur mehr dahin; mussten eine Weile warten, aber dann kamen sie.

Wirklich so, wie man sie von Filmen oder vom Fernsehen her „kennt"; scheinbar immer zu Späßen aufgelegt.

In der Bugwelle eines nahe vorbeifahrenden Frachters sprangen sie immer wieder hoch.

Nach einer weiteren Nacht in einem B&B waren wir in Inverness.

Dem Startpunkt für alle Loch-Ness Boots-Touren.

***

Wir hatten ein Boot gemietet – für ca. eine Woche.

Ein Kajütboot, in dem wir nun den ca. 100 km (oder 60 Meilen) langen Caledonian Canal/Kaledonian Kanal befahren würden.

Nach einer kurzen Einschulung ging es los.

Stellen sie sich vor, sie haben in der Auto-
Fahrschule ca. eine halbe Stunde Praxis.
Und das war`s dann auch schon.
Vorerst im Konvoi.

Man durchfährt einige Seen – Loch Dochfour,
Loch Ness – der größte der Seen mit einer Länge
von etwa 35 km, eine Breite von ca. 1,5 km und
einer Tiefe von 300 m – Loch Lochy und Loch
Oich.

Die erste Nacht auf unserem Boote verbrachten
wir am Loch Ness, nahe dem bekannten „Urqu-
hart Castle", einer großen Burg-Ruinen-Anlage;
welche auch geschichtliche Bedeutung hatte.

Dann ging es weiter.
Wir kamen nach Fort Augustus, mit den schon
erwähnten Schleusen.
Normalerweise fährt man mit dem Boot in die
Schleusenkammer, stellt den Motor ab und wartet
bis man dieselbe wieder verlassen kann.
D.h. das Wasser wir in oder aus der Kammer ge-
pumpt.
Zum Teil ist es auch dort so.
Nur muss man sein Boot von Hand aus in die je-
weils nächste Kammer schleppen.
Aber gut. Auch das ging vorbei.
Außerdem hatten wir ja jede Menge Publikum.

Des weiteren wurden wir damit belohnt, dass wir auf dem nächsten See, die uns schon bekannte Anlegestelle, mit dem kleinen Shop in der Nähe fanden.

Es war der idyllischste Platz der ganzen Fahrt.

Meistens legen dort keine Boote an.

Warum?

Aber uns war es nur recht.

Nachdem wir das kleine Kaufhaus besucht hatten und die Nacht an „unserer" Anlegestelle verbrachten, ging es weiter.

Zwischen den Seen befindet sich eine eher schmale Wasserstraße; aber offenbar doch breit genug, um den einzigen Dampfer, der diese Strecke auch befährt, durch zu lassen.

„Lord Of The Glen".

Für die Kanal-Verhältnisse eigentlich ein Riesenschiff, das überall Vorfahrt hat.

Anzumerken ist allerdings, dass dieses Schiff auf seiner Fahrt nicht nur den Kanal befährt, sondern auch auf dem Meer unterwegs ist.

Es macht sozusagen eine Rundfahrt.

Die Endstelle der Boots-Tour und der Umkehrpunkt ist Fort Williams am Fuße des Ben Navis, mit seinen 1400 m der höchste Berg Schottlands.

Hier gehen übrigens 9 Schleusenkammern zum Meer, die von den Booten nicht befahren werden dürfen.
Klar, ist doch am Ende der Kammern der Atlantik.

Nach einer kurzen Stadtbesichtigung, nächtigten wir wieder auf unserem Boot.
Allerdings diesmal mit noch einem Nachbarn, der sein Boot an unseres fest machte. Dies in Ermangelung eines eigenen Anlegeplatzes.

Das ist wohl einer der Nachteile, dieser Sache.
Es sind zwar entlang der Strecke auch private Piers bzw. Anlegestellen; aber nicht genug öffentliche, für alle den Kanal Benützenden.
Demzufolge ist es eine ewige Suche nach einem Liegeplatz. Außer man ist so zeitig dran, dass man eben einer der Ersten ist.

Die nächste Nacht verbrachten wir an einem Pier vor einer Schleuse, die schon geschlossen war.
Diese Schleusen werden bei Bedarf von Schleusenwärtern bedient; dies allerdings nur zu bzw. innerhalb festgelegter Zeiten.

Ich sollte vielleicht erwähnen, dass das Boot Schlafplätze für 6 Personen bot, wir aber nur zu viert waren.
Des weiteren war eine kleine Küche und außerdem eine Dusche vorhanden.

Wasser konnte man an einigen Anlegestellen nachfüllen; ebenso wie Strom für die Batterien.

Die nächste Nacht verbrachten wir wieder an „unserem" und Steg am Loch Lochy.
Diesmal allerdings in Gesellschaft eines anderen Anlegers.
Allerdings nur ein Boot, mit einem netten Paar und Kind.
Wie wir in der Früh munter wurden, waren sie schon weg.

Weiter ging es zu einer Anlegestelle, die ich an sich gleich an unserem ersten Tag benützen wollte.
Es wurde auf der Karte allerdings klar gemacht, dass man sie nicht benützen konnte, wenn starker Wind und damit Wellengang war.
Vermutlich auf Grund der Größe des Loch Ness, gibt es täglich beides.
Allerdings auch von fast jedem Wetter etwas.
Zwischen Sonnenschein und Unwetter hatten wir auf diesem See alles.
Der Wellengang ist dann wirklich gewaltig.
Ich schaffte also am ersten Tag nicht, das Boot ans Ufer zu bringen.
Das Unangenehme dabei war, dass MK mit einem Jungen auf den Pier sprang, um mittels Tau das Boot fest zu machen.
Das misslang gründlichst.

Sie mussten die Taue dann loslassen und es gelang mir nach einigen Versuchen so weit ran zu kommen, dass sie wieder ins Boot springen konnten.

Jetzt allerdings war der See ruhig und ich konnte ohne Probleme anlegen.
Nach einem Fußmarsch durch eine schöne Gegend kamen wir zu einem Wasserfall; dem Grund unseres Anlegens.
Von relativ hoch stürzten die Wasser in eine Schlucht.
Mit der Umgebung ein wirklich schönes und beeindruckendes Schauspiel.
Auch das einzige Lokal in der Nähe; daneben mit einem kleinen Souvenirshop und Postamt, war sehenswert.

Es ging weiter zum „Hafen" beim Urquhart-Castle.
Diesmal war ich früher dran und bekam gleich einen Liegeplatz.
Obwohl das Castle über die Bucht wo auch wir lagen, relativ nahe schien, sind es doch ca. 3 km über die Straße.

Nächsten Tag besuchten wir das Castle.
Mit dem Boot.

Die Anlegestelle reicht für ein Boot – die meisten
Besucher kommen von der Straßenseite mit Bus-
sen oder PKW`s.
So konnte ich, nachdem wir ein Stück vom Steg
weg waren, sorgenvoll beobachten, wie sich noch
einige Boote an uns hängten.

Wir gingen zum Eingang mit Souvenirshop und
Restaurant und bezahlten erstmal.
Sahen uns alles ausgestellte an und eine Filmvor-
führung gaben wir uns.
Es wurde anschaulich die Geschichte des Castles
erzählt und gezeigt.
Dann besichtigten wir das Castle; welches ziemlich groß war und wie schon erwähnt, eine geschichtliche Rolle spielte.
Vom Rasen angefangen war alles tadellos hergerichtet und „erhalten"; soweit das bei einer Ruine
eben möglich ist.

Übrigens ist bemerkenswert, wie viel japanische
Touristen in Schottland, bzw. den Hauptreisezie-
len unterwegs sind.
Angeblich ist das auch darauf zurückzuführen,
dass viele japanische Firmen Besitz und Firmen in
Schottland haben.
Auch Whisky-Destilleries.

Die letzte Nacht verbrachten wir in der Marina am Ausgangspunkt in Inverness.

***

Obwohl wir im Hochsommer unterwegs waren – Juli - konnten wir nicht Baden.
Die Lufttemperatur beträgt etwa 25 Grad – bei schönem Wetter; die Wassertemperatur nicht über 14 Grad.
Das Wasser ist sowohl in den Seen als auch in den Flüssen sehr dunkel; schwarzbraun.
Der Grund hierfür ist im Torf zu finden.

Etwas für - nicht nur mich – beeindruckendes, war - wie schon erwähnt - das Gras in den Hochebenen.
Ein grüner, dicker, weicher Teppich. Einmalig.

Abschließend sei auch noch einmal erwähnt, dass wir jede Menge Proviant mit an Bord hatten, aber trotzdem auch Essen gingen.
Außerdem sind die Schotten offenbar die Temperaturen weit besser gewöhnt als wir.
Während wir – wenn es kühler war – mit Jacke herumliefen, saßen sogar Kleinkinder im Kinderwagen nur mit einem Leibchen bekleidet.

Ja. Somit war dieser Teil unserer Reise auch vorbei.

Es ging wieder mit dem Auto weiter.

Und natürlich auch zu einer Whisky-Destillerie.
In unserem Fall Tomatin.

Eines ist übrigens auch bemerkenswert.
Die Whisky-Preise sind in Schottland wesentlich
höher als bei uns.
Das konnte ich zumindest bei gleichnamigen -
meistens für- und bei uns bekannten - Marken
feststellen.

So kam ich ohne Whiskyvorräte Richtung Heimat.
Vorerst allerdings hatten wir noch einige B&B-
Nächtigungen und Castle-Besichtigungen vor uns.
Blair, Thirlstane, Floor-Castle; um nur einige zu
nennen und ohne Edinburgh Besuch.
Dazu hätten wir uns auf eine eher schwierigere
Fahrt einrichten müssen, oder außerhalb Parken
und mit öffentlichen Verkehrsmittel in die Stadt.
Dazu fehlte uns aber schlussendlich auch die nöti-
ge Zeit.

Bemerkenswert ist auch die Tatsache, dass in
Schottland zwar englische Pfund angenommen
werden; in England aber keine schottischen.
Also alles ausgeben oder noch in Schottland auf
englische wechseln.
Auch so eine kleine Eigenart.

Außer dem Linksverkehr, der ja schon genug gewöhnungsbedürftig ist und der Tatsache, dass England und Schottland Euro-Verweigerer sind, auch noch das.

In New Castle angekommen, mussten wir noch einige Zeit bis zur Auffahrt in die Fähre zubringen, welche wir uns mit Besichtigung und Shopping vertrieben.

Die Fähre fuhr – wie auch bei der Herfahrt – erst gegen Abend los.
Wir nützten die Zeit bis zum Schlafengehen u.a. mit einem Bar- bzw. Showbesuch.
Die Jungens durften bei uns bleiben und genossen ihre (alkoholfreien) Drinks.

Von Amsterdam fuhren wir dann wieder Richtung Deutschland und demzufolge nach hause.

Ich blieb noch 1 oder 2 Tage und fuhr dann weiter nach Österreich – in mein Wien.
Etwas traurig allerdings.
Es war eigentlich der erste Urlaub, wo alles gepasst hatte.
Damit meine ich hauptsächlich auch vom menschlichen Standpunkt aus.
Obwohl schon auch vom Land als solches.
Das, was man eigentlich schon immer wollte und dann eben auch nach mit einem Partner, der dem

offenbar genauso viel abgewinnen konnte, wie man selbst.

Anscheinend endlich das lange Gesuchte und Ersehnte.
Eine Partnerschaft wo alles stimmt.

Blieb zu Hoffen, dass es so auch im „normalen" Alltag weiter ging.

XI

Von jetzt an ging es in einem anderen Rhythmus
weiter.
MK mit der Bahn nach Wien.
Eine Woche hier. Wir gemeinsam nach Deutsch-
land – eine Woche.
Gemeinsam nach Wien – wieder mit dem Auto.
Eine Woche hier.
Sie alleine mit der Bahn retour; für eine Woche;
sie wieder nach Wien – gemeinsam eine Woche
hier und wieder von vorne.
D.h. wir waren drei Wochen im Monat zusam-
men, zwei davon in Wien, eine gemeinsam in
Deutschland; eine Woche getrennt – jeder in sei-
ner Heimat.

So ging es also dahin.
Ich hatte ihre Familie inzwischen natürlich auch
kennen gelernt.
Bruder mit Familie und ihre Mutter.

Wir suchten uns in Wien eine größere Wohnung;
ihre Kinder waren auch zeitweise mit hier.
MK war ein Wien-Fan.
Sie liebte diese Stadt; auch die Menschen, die im
Gegensatz zu dem nördlicheren Deutschland, of-
fener waren.
Die Feststellung, dass die Menschen dort „oben"
eher verschlossen sind, konnte ich nicht machen.

Ich fand eigentlich immer relativ schnell Anschluss.

Mit den Kindern gab es also kein Problem; zumindest nicht mich betreffend.

Die Großstadt war allerdings schon etwas, welches ihnen nicht so leicht fiel.

Zwar viele Möglichkeiten der Unterhaltung, des Ansehens u.a., aber natürlich auch jede Menge Leute.

Etwas, das für sie - die aus einer eher kleinen Stadt kamen - schon zeitweise auch Furcht einflößend war.

MK hatte auch schon einige Zeit in München gelebt und demzufolge machte ihr eine Großstadt nichts aus.

Im Gegenteil; sie genoss eben die Vorzüge der Situation.

Wie vielleicht augenscheinlich, konnten wir unsere Zeit leichter einteilen; wir waren beide Selbstständig und hatten Leute, die sich um die anfallenden Angelegenheiten während unserer Abwesenheit kümmerten. Sozusagen, den Betrieb am Laufen hielten.

Wie schon teilweise erwähnt, deckten sich viele unserer Interessen, was uns ein Zusammensein natürlich auch erleichterte.

Ich bin sowieso nicht ganz einfach.

Vielleicht habe ich zu viele Interessen; allerdings lebe ich sie auch nicht wirklich intensiv aus.
Aber von Zeit zu Zeit ein Konzert – POP oder Oldies, Theater, Kino, Museen, Ausstellungen, ordentlich Essen gehen; davon abgesehen bin ich auch im Bereich Tierschutz engagiert und mit Hunden und Pferden verbunden; auch Klubmässig.

Normalerweise fand sich bei den jeweiligen Partnerinnen maximal für zwei bis drei dieser Dinge eine Gegenliebe, oft auch da nur ansatzweise.
Es war also eine schöne und neue Erfahrung, dass so etwas auch möglich ist.

MK kannte verständlicherweise auch schon meine Familie und einige meiner Freunde bzw. Bekannten.
Wir unternahmen auch mit diesen einiges.
Umgekehrt war es ähnlich.

Für mich eine durchaus auch neue Erfahrung, war, dass ich offenbar auch monogam sein konnte und nicht immer das Gefühl hatte, anderweitig etwas zu versäumen.
Ich denke, ich war ziemlich glücklich und zufrieden.

XII

Es war ja auch zu schön um wahr zu sein.
So etwas konnte ja nicht ewig dauern.
Ohne etwas schwarz sehen zu wollen, zogen die
ersten und später weitere dichte Wolken über unseren Beziehungs-Himmel.

Einige Dinge zeichneten sich schon länger ab;
einige kamen sehr plötzlich.
MKs Ex war vermutlich kein schlechter Vater,
aber total desorganisiert.
Eine Folge war, dass die Jungens immer öfter und
größere Probleme hatten.
Auch in Absprache mit Jugendpsychologen, er-
folgte eine Aufteilung der Zeit mit den Kindern in
einem 14tägigem Rhythmus.
Zwei Wochen Mutter (und ich), zwei Wochen
Vater (teilw. mit seiner neuen Lebensgefährtin).
Allerdings ging in den zwei Wochen Vater, meis-
ten alles Positive, dass sich eingependelt hatte,
wieder den berühmten Bach hinunter.
Die schulischen Leistungen waren teilweise im
Argen.
Außerdem hatte MK einen Geschäfts-Partner, der
sich seinen Lebensstil damit finanzierte, aus der
Firma mehr heraus zu nehmen als ihm zustand
und für die Firma gut war.

Zu schlechter Letzt, verlor ich durch eine Firma, mit der ich zusammenarbeitete eine Menge Geld. Der letzte Vorfall ereignete sich während ihres – letzten - Wien-Aufenthaltes.

Es kam die Zeit ihrer Heimreise; allerdings mit der Aussicht, uns vielleicht nicht so schnell wieder sehen zu können.
Jeder von uns hatte einiges aufzuarbeiten.

Während es bei mir „nur" geschäftliche Angelegenheiten waren, hatte sie auch am privaten Sektor einiges zu Regeln.
Sie wollte die Kinder aus dem Dunstkreis des Vaters wegbringen.
Ursprünglich war Wien geplant. Aber sowohl die Kinder als auch ihr Vater legten sich quer.
Vor allem der größere hing sehr am Vater; dieser hatte ein Talent, das er gekonnt einsetzte: er war immer so arm.
Verlassen von der Ex-Frau und jetzt auch noch von den Kindern. Das könnte er nicht durchstehen.
Nicht, dass er sonst sehr viel Aufhebens der Kinder wegen gemacht hätte. Er ließ vieles aus reiner Bequemlichkeit laufen und die Jungen waren oft sich selbst überlassen.
Was ihnen natürlich auch recht gut gefiel.

Konnten machen was sie wollten; keine Schulaufgaben, ständig am Computer; das hatte natürlich auch seinen Reiz.

Also nicht Österreich und Wien, aber trotzdem weg vom Vater.
Etwa 300km weiter – allerdings näher an Wien – zu ihrer Familie; Mutter, Bruder mit Frau und Kindern.
Und eben auch näher.

Aber die Realität sah anders aus.
Obwohl ursprünglich beide Jungen zugesagt hatten, blieb jetzt der größere beim Vater; nur der Jüngere ging mit der Mutter.
Außerdem musste sie aus der Firma.
Es war offenbar schon schlimm zwei Wochen im Monat weg zu sein, aber jetzt auf ganz!?

D.h. sie musste sich einen Job suchen.
Die Folge war, dass sie nicht mehr flexibel war und auch nicht mehr immer weg konnte.
Nicht nur des Kindes wegen; auch des Jobs halber.
Finanziell natürlich auch ein Rückschritt.
Die Alternative: ich hätte immer nach Deutschland gemusst.
Was bei meiner derzeitigen Situation auch nicht leicht bis unmöglich gewesen wäre.

Außerdem, das angepeilte Ziel: Wien, war in un-
erreichbare Ferne gerückt.
Eine Variante, die sie kurz andachte, ich käme für
immer nach Deutschland.
Toll.
Erstens wollte ich nie von Wien weg; ihr Wunsch
war es hier her zu kommen.
Außerdem; wovon sollte ich dort leben?
Wenn MK noch ihre Firma gehabt hätte, wäre
event. noch eine Perspektive vorhanden gewesen;
aber so.
Die warten gerade auf einen „Ösi".
Ja, vielleicht wenn man Koch ist.

Wir hatten uns das letzte Mal ganz wie immer
verabschiedet – naja, vielleicht nicht wie immer,
das wir ja um die Probleme wussten; aber doch in
dem Bewusstsein, dass es vielleicht dieses Mal
etwas länger bis zum Wiedersehen dauern würde.
Was wir zu diesem Zeitpunkt nicht wussten; es
war ein Abschied auf immer.

Obwohl eine meiner Maximen ist; sag niemals nie
(a la Bond), sieht es derzeit nicht danach aus, als
wenn sich daran etwas ändern würde.
Natürlich hätten wir uns zwischenzeitlich einmal
sehen können.
Aber was hätte es gebracht.
Der Abschied wäre dann vermutlich bewusst der
Letzte gewesen und dementsprechend hart.

XII

Die erste Zeit war sehr hart für mich.
Etwa drei Monate war ich down; haderte mit dem
Schicksal und war nur unglücklich.
So lange – schon nicht mehr wirklich – nach so
etwas gesucht und dann so ein Ende.

Wenn ich mich an die Anfänge erinnerte, schien
es mir absolut unglaublich und nicht real, dass
diese Sache so enden sollte.
Immer wieder versuchte ich, realistisch – sprich
vernünftig – über das Ganze zu denken.
Aber jedes Mal, wenn ich glaubte, etwas „über
den Berg" zu sein, kam bei gewissen Situationen
die Erinnerung an unsere gemeinsame Zeit; Plät-
ze, Begebenheiten, die immer wieder kehrenden
Fragen von Bekannten, ob nicht doch noch eine
Chance wäre bzw. ob es was Neues gäbe.

Wie schon erwähnt, war die Zeit danach – für
mich etwas absolut Neues – schlimm.
Auch heute noch, nach fast 10 Monaten, bin ich
über gewissen Dinge nicht ganz hinweg.
Das hat aber nicht einmal so sehr mit MK zu tun;
obwohl eigentlich vom menschlichen her, fast
ideal; sind es so viele Dinge, die ich vermisse.
Also nicht allein eine dementsprechende Partnerin, sondern das ganze drum und dran.

Eigenartigerweise vermisse ich auch Deutschland.
Obwohl die Fahrt ja kein Honiglecken war; das
ganze hatte doch einen Reiz, dem ich mich auch
im Nachhinein nicht entziehen kann.

Meine Tochter, die mich schon einmal zum Großvater gemacht hat, ist wieder schwanger.
Ich sehe meine Ex/Familie – Kinder, Enkel,
Schwiegersohn und auch fallweise meine Ex, eher
sporadisch.
Jeder lebt natürlich sein eigenes Leben und das ist
auch oft genug mit Problemen belastet.
Im Moment ist auch die Beziehung zu meiner Ex
wieder so halbwegs.
Es gab schon Zeiten, wo wir uns nicht hören und
sehen konnten.

Mein Leben ist nicht mehr dasselbe wie vor einem
Jahr.
Zu viel ist in relativ kurzer Zeit passiert.
Wohnungseinbruch, mit Diebstahl von leider auch
sehr persönlichen Dingen.
Der Hund von MK, verblieb in Anbetracht der
Tatsache, dass sie immer mit der Bahn fuhr und
die Kleine seit einiger Zeit epileptische Anfälle
hatte, bei mir in Wien.
Ich war Hunde ja gewöhnt und wir erinnerlich,
musste ich meinen im Vorjahr einschläfern lassen.
Davon abgesehen, hatte ich das kleine Wollknäuel
lieb gewonnen.

Sie fühlte sich ganz offensichtlich auch bei mir wohl.

Allerdings fuhr sie mit dem Auto natürlich mit und verbrachte somit auch immer wieder eine Zeit in ihrer alten Umgebung.

Leider hatte sie wieder einmal einen Anfall, aus dem sie nicht mehr heraus kam.

Es war – wie meistens bei solchen Dingen – in der Nacht von Samstag auf Sonntag.

Das erste Mal war ich mit ihr um 3h früh beim Tierarzt.

Insgesamt fünf Mal. Das letzte Mal um 22h – dann war es vorbei.

Sie wurde dreieinhalb Jahre alt.

(Meiner schaffte immerhin Vierzehn).

Am Montag früh kam MK wieder mit dem Zug.

Zu spät, um die Kleine noch einmal lebend zu sehen.

Gut zwei Wochen später dann – ebenfalls hier – der Konkurs der „Partner-Firma"; das ganze Geld weg.

Im darauf folgenden Monat zeichnete sich schon das Ende unserer Beziehung ab.

Aber um mich auf andere Gedanken zu bringen, hatte das Schicksal noch was anderes für mich parat.

Mir wurde – fast vom Körper – eine Umhängetasche gestohlen; mit einer großen Menge an Geld,

Ausweispapieren und Datenträgern, auf welchen u.a. tausende Digitalfotos gespeichert waren.
Auch vom letzten gemeinsamen Urlaub in Schottland.
Hinzu kamen noch einige andere Probleme; die alles andere als erwünscht waren.
Meine Tochter hat Diabetes und die Schwangerschaft wirft deshalb auch einige Probleme auf.

Zum Glück geht es der anderen soweit gut.
Sie hat beruflich sehr viel mit Kindern zu tun und möchte vielleicht deshalb keine eigenen.
Als Tante ist sie aber nicht zu überbieten.

Mein Bedarf an Beziehungen ist eigentlich gedeckt.
Ich glaube nicht, dass es eine Steigerung im positiven Sinne der Letzten geben kann und auf eine Kompromiss-Beziehung kann ich verzichten.

Ein Lichtblick und eine Stütze ist GH.
Auch immer wieder mit eher unglücklichen und nicht zufrieden stellenden oder glücklichen Beziehungen versehen, verbringen wir viel Zeit gemeinsam.
Unsere Beziehung ist eine freundschaftlich- ja fast geschwisterliche geworden.
Auch zu ihrer Tochter bestand von Start weg ein gutes Verhältnis, welches noch immer herrscht.

Mit SJ bin ich auch noch in gutem Kontakt und darüber hinaus, mit einigen anderen weiblichen Wesen.
(Natürlich habe ich auch Männer-Freundschaften; aber eben wie – richtige – Männer).
Aber eine Beziehung im herkömmlichen Sinn ist nicht dabei.
Nachdem ich die ganzen Jahre nichts rechtes und zur letzten Beziehung auch nichts Vergleichbares gefunden haben, gehe ich davon aus, das sich in dieser Richtung auch nichts – mehr – tun wird.

Auf Grund der Tatsache, dass ich viele Bekannte (die Bezeichnung Freunde ist eigentlich so abgedroschen und meistens wird fast jeder Bekannte als Freund bezeichnet, so das ich darauf verzichten möchte) habe und immer wieder eingeladen und in vieles mit einbezogen werde, leide ich nicht an Langeweile.
Nochmals kurz zum Thema Freund(e).
Bekannte kann man normalerweise viele haben; Freunde in der Regel nur einige wenige.

So im Großen Ganzen war es das wohl.

XIII

Erinnerungen...
Wenn ich darüber nachdenke, kommt vieles langsam an die Oberfläche, das normalerweise eher -
Zeitweise auch nur - im Unterbewusstsein schlummert.

Wenn ich die Erinnerungen an die vielleicht intensivsten und beeindruckendsten bzw. wichtigsten Ereignisse in meinem Leben Revue passieren lasse, was kommt dabei heraus?

Meine Jugend; verbunden mit meinen Eltern und Großeltern – mütterlicherseits, wie schon erwähnt – welche sicher gut, mit schönen Eindrücken und geborgen war.
Meine Eltern fürsorglich und meistens nett, auch zueinander und später auch zu meiner Frau.
Meine frühen Freunde – P,R,J und meine erste „Freundin" – S.
Einige Verbindungen zu Mädchen, welche mir früher gar nicht so leicht gefallen sind; ich war in der Beziehung eher schüchtern und hatte einen schwierigen Punkt zu knacken; die Mädchen, die mir wirklich gefielen, waren oft bis meistens unerreichbar für mich.
Die Freundschaft/Beziehung zur Münchnerin – I; eine schöne Zeit und etwas, das mir auch in der Zeit meines Wehrdienstes geholfen hat.

Sie wäre übrigens eine der ganz wenigen, wo es mich interessieren würde, was aus ihr geworden ist.

Vielleicht wäre eine Wiedersehen recht schön; aber nicht machbar; weder weiß ich wie sie heute heißt noch wo sie wohnt.

Es gibt auch niemanden, den ich fragen könnte.

***

Die Schulen waren auch nicht immer ganz einfach – aus oft verschiedensten Gründen.

Fairerweise muss ich aber festhalten, dass ich durchaus hätte mehr leisten können, wenn ich nicht oft einfach zu faul gewesen wäre.

Ich kam eigentlich überall ganz gut durch und hatte nicht den Ehrgeiz, bei irgendetwas besonders aufzufallen.

Das hat sich auch beim Sport gezeigt.

Tisch-Tennis, Fußball, Kegeln, Bowling, Tennis, Squash, Badminton, Tanzen; und ich weiß nicht was noch alles.

Ich habe vieles gemacht, brachte es aber nirgend-wo zu Spitzenleistungen.

Eine Bezeichnung, die mir das Ganze eingebracht hat, „Hans Dampf im allen Gassen".

Na wenn schon.

Ich tat es, weil es mir Spaß machte und nicht aus einem besonderen Ehrgeiz heraus.

Der Vorteil, dass ich nicht nur einer Zielgruppe angehörte, sondern eine breite Palette von Bekannten für die jeweiligen Sportarten hatte.
Auch bin ich nicht unlustig und auch kommunikativ; kann bei vielen Themen mitreden.
Wie schon früher erwähnt, interessiere ich mich auch für vieles.
Bin eben auch bei Tieren engagiert.
Geschäftlich war ich nicht erfolglos, was sich natürlich auch in weiteren Beziehungen – geschäftlich, die oft auch privat wurden – auswirkte.
Bei Männer geschätzt als Kumpel; und besonders in meiner Sturm-und Drangphase – leider eben schon in meiner Ehe beginnend – auch nicht erfolglos beim anderen Geschlecht.

Ja; um wieder zum eigentlichen zurückzufinden und nicht eine hochtrabende Lobeshymne auf mich selbst abzusondern, weiter im Text.

Sicher war das Bundesheer auch ein Abschnitt, der zwar mich zwar kurzfristig beeindrucke, mich aber nicht geformt hat.
Die – besonders – Anfangszeit mit meiner Frau und die Zeiten der Schwangerschaften und danach – die Kinder.
Wie schon erwähnt, waren es Wunschkinder und wir freuten uns auf beide; mit der kleinen, vermutlich bei allen vorhandenen Angst, dass alles klap-

pen würde und die Kinder „normal" – also nicht krank oder gar behindert sind.
Zu unserem Glück und auch zur Freude, entwickelten sie sich prächtig.

Auch in der Zeit nach unserer Trennung bzw. Scheidung, habe ich versucht, immer für die Kinder und natürlich auch für meine Ex/Frau da zu sein und sie nicht mit den Problemen, die eine Erziehung, Krankheiten und die weitere Entwicklung mit sich bringen, allein zu lassen.
Das hat zeitweise durchaus zu Schwierigkeiten mit einigen Partnerinnen geführt – z.B. MP – aber das war mir egal.
Ich wollte mich nicht vor dieser Verantwortung drücken.
Es war schon schlimm genug, immer mit den Kindern der jeweiligen Partnerinnen zusammen zu sein, wenn man eigentlich gerne mit den eigenen beisammen gewesen wäre.
Aber das ist halt so bei einer geschiedenen Ehe.
Zwar nicht chronologisch, aber von Bedeutung war natürlich der Tod meiner Großeltern, welchen ich schon erwähnt habe.

Die geschäftlichen Erfolge, die – teilweise dadurch notwenigen – Reisen, waren natürlich auch erinnerungswürdige Dinge.
Besonders mit den amerikanischen Unternehmen, deren Vertretung ich hier hatte.

Die Meetings sicher ein Traum.

Ebenso die motorsportlichen Erlebnisse, bei den Rennen, aber auch bei den erwähnten Ausstellungen, bei denen ich auch u.a. auch Fly-Niki Lauda kennen lernte.
Für mich war die Scheidung eigentlich kein erstrebenswertes Ziel; eher ein notwendiges Übel, weil es ganz einfach nicht mehr anders ging.
Aber ich nehme an, dass mit ein Grund des Scheiterns unserer Ehe war, dass wir doch recht jung geheiratet hatten und ich dann anscheinend das unüberwindliche Gefühl hatte, etwas versäumt zu haben.

Natürlich waren die Beziehungen z.B. mit den Wienern und der jungen Frau meines Mitarbeiters, welche vermutlich meine erste und einzige Verliebtheit war; aber auch die Erlebnisse mit unseren Schweizer Freunden, einschneidende Erlebnisse und Erfahrungen.

Des weiteren hatte ich ja hautnah die Entwicklung vom Riesencomputer der ersten Tage, bis zum Notebook/Laptop erlebt.
Vom – bei uns – erstem Autotelefon bis zum kleinen Handy, dass alles kann und aus unserem Leben nicht mehr wegzudenken ist.
War in die elektronische Entwicklung gleichsam involviert.

Ebenfalls eine tiefe Kerbe in mein Leben schlug
der Tod meiner Eltern; zwar durch einige Jahre
getrennt, aber durch unser immerwährendes gutes
Verhältnis besonders schmerzhaft, was sicher fast
alle verstehen werden.

Ich erinnere mich auch an unsere Tiere, unter denen auch immer Katzen waren.
Und auch an unsere- und später meine Hunde,
angefangen vom ersten, den wir ja Jahre vor unserem ersten Kind hatten und der uns ein kleiner
Ersatz dafür war, bis zu meinem Letzten, der im
Grunde MK`s ihrer war, aber letztendlich auch
meiner.
Leider natürlich auch die schmerzhaften Enden,
dieser Tier- und Hundeleben.
Ich war bei fast allem Sterben dabei – einzig bei
dem (Vater unseres einzigen Wurfes), der bei
meiner Exfrau nach unserer Scheidung verblieb –
war es nicht so.
Jedes Mal ging ein Stück Herz mit.
Die meisten waren ja über viele Jahre wahre Partner.

Viele Dinge, wie z.B. der Verkauf unseres Garten,
indem nicht nur ich Teile meiner Jugend verbrachte, sondern auch meine Kinder, war ein zwar nöti-
ges aber nichtsdestoweniger schmerzhaftes Übel.

Die freudigen Ereignisse, wie z.B. die Geburt meines Enkels, zu einer Zeit, wo ich gerade keinen guten Kontakt mit meiner Tochter hatte.

Davor aber auch noch ein doch auch trauriges Ereignis; das Begräbnis von Falco, bei dem ich mit einem jungen Freund war; und bei dem ich auch meine Tochter traf.
Warum die andere nicht dabei war, weiß ich nicht mehr.

Die Bekanntschaften mit einigen – auch jetzt noch vorhandenen Personen – aus denen sich im Laufe der Jahre oft eine gute und schöne Freundschaft entwickelte.
Nicht nur die erwähnten GH u. SJ. Sondern auch Paare, die teilweise schon zu unserem - mit meiner Frau gemeinsamen - Bekanntenkreis gehörten und dann teilweise mir verblieben sind.

Übrigens ist meine erste Verliebtheit seit langem auch schon wieder verheiratet.
Ungute Erinnerungen, wie z.B. an MP; die immer wiederkehrenden Schwierigkeiten mit ihr; u.a. wegen ihres Alkoholproblems.
Aber auch die nachher noch vorhandene – schon erwähnte Verbindung – zu ihrer Tochter, Mann und Kindern.
Nette, wie z.B. an MH, die als junges Mädchen bei mir arbeitete, wo sich eine Affäre entspann,

die dann von IB abgelöst wurde; und wir heute trotzdem noch einen zwar losen aber guten Kontakt haben.

Sie ist längst verheiratet und hat zwei Söhne.

Zu IB sehr unterschiedliche Erinnerungen.

Wir sehen uns auch heute noch öfters, allerdings zum Teil nur, weil wir im selben Supermarkt einkaufen; ansonsten gibt es nicht einmal mehr einen Gruß.

Das hat noch nicht einmal so sehr etwas mit mir zu tun, sondern mit der Tatsache, dass sie sich meiner Tochter - der jüngeren (mit Kind) - gegenüber, in einer wichtigen Situation, total beschissen verhalten hatte.

Sie kann sich meiner und der meiner Tochter immerwährenden Abneigung gewiss sein.

Fast Lustigerweise, versteht sich meine Exfrau noch- oder wieder mit ihr; dies obwohl eigentlich sie der Hauptgrund für unsere Scheidung war.

An viele meiner Beziehungen, denke ich heute fast nicht mehr.

Obwohl von Frauenseite sicher da oder dort etwas hätte werden können.

Die Affären sind großteils meinem Gedächtnis entschwunden.

Ein für mich sicher sehr einschneidendes Erlebnis und Geschehen, war die Bekanntschaft und spätere Beziehung mit MK.

Diese schon abseits jeder Norm beginnende Verbindung, hatte sogar für mich so viel Neues und Unbekanntes zu bieten, dass ich die Zeit wirklich genoss und wie schon erwähnt, an deren Ende ich lange brauchte, um es zu realisieren und dem offenbar unvermeidlichem ins Auge zu schauen.

Zu schmerzhaft war die Situation; noch verschlimmert, durch die ja schon erwähnten zeitlich sehr eng beisammen liegenden anderen - unangenehmen - Ereignisse.

Last But Not Least müsste ich schon sagen; aber im Grunde habe ich es schlicht vergessen, obwohl es eine interessante und nicht unwichtige Zeit war.

In meinen jungen Jahren war ich auch für die Presse tätig. Presse nicht im Sinne von Maschine, sondern von Medium.

Bei dieser Tätigkeit bekam ich viele Star von internationalem Charakter vor die Linse, bzw. konnte auch mit einigen sprechen.

Sänger und Schauspieler, bekannte Größen auch aus Radio und Fernsehen – Moderatoren und Präsentatoren; auch viele Leute aus dem Sport.

Eine – auch nur ansatzweise – Aufzählung der Personen würde hier zu weit führen.

Das war eine schon wirklich interessante Zeit und Tätigkeit.

Unwahrscheinlich, dass ich darauf fast vergessen hätte.

Die Erlebnisse beim und um den Rennsport habe ich ja schon geschildert.

Auch die Vielfalt meiner geschäftlichen Tätigkeiten war schon beachtlich.
Dazu noch meistens nicht erfolglos.
Außerdem macht es einen schon an und gibt einem ein gutes Gefühl, seinen Namen z.B. auch in den Medien zu finden – nicht unter „Gesucht".

Leider ist das meiste eben Vergangenheit; Erinnerungen, um die man sich nichts mehr kaufen kann und die, wenn man sie einmal hervorkramt, nicht einmal Viele interessieren.
Vielleicht ist auch ein bisschen Neid dabei.
Die meisten von uns haben ein doch ziemlich „eintöniges" Leben.
Das soll nicht heißen, dass es nicht glücklich und ausgefüllt sein kann.
Aber im Grunde doch meistens das Gleiche.

Rückblickend könnte ich mein Leben als eine Achter- oder Hochschaubahn vergleichen.
Ich habe viele Hochs, aber leider auch mindestens ebenso viele Tiefs erlebt.
Manchmal denke ich, zu viele.
Ich war außerdem mein ganzes Leben ein „Suchender".

Meistens habe ich das Gesuchte nicht gefunden und wenn, ist es mir wieder abhanden gekommen.

Zeitweise beneide ich andere, die sich nach außen zufrieden und glücklich geben.
Oft zeigt sich aber bei nähren Hinsehen, dass doch nicht alles so in Ordnung ist, wie es diese Leute gerne zeigen und vielleicht auch haben würden.
Langjährige Beziehung und Ehen halten nur noch deshalb, weil die Partner resigniert haben und auch Angst vor Veränderungen haben.
Man weiß ja nie, was nachkommt.
Außerdem ist die Angst vor dem Alleinsein bei vielen tief verwurzelt.
Also wird weiter gemacht, obwohl ein Ende mit Schrecken oft das kleinere Über wäre, als der sprichwörtliche Schrecken ohne Ende.

So muss jeder – oder sollte es – die gegebene Situation akzeptieren und versuchen das Beste daraus zu machen.
Auch ich.

Wie heißt es doch: „Das Leben ist eines der Schwersten" – und „Die Hoffnung stirbt zuletzt".
Aber auch „Sag niemals nie".

In diesem Sinne.

Vom Autor sind im gleichen Verlag erschienen:

LEBENSBEICHTE
Die Geschichte meines Lebens
*
Haben Sie Wien schon bei Nacht gesehen?
*
Wir Ungläubigen Masochisten